I0656108

H. Gravelot auctoris frater inven.   J.B. Simonet Sculp.

GÉOGRAPHIE
ANCIENNE ABRÉGÉE,

Par M. D'ANVILLE,

De l'Académie Royale des Belles - Lettres,
& de celle des Sciences de Petersbourg,
Secrétaire de S. A. S. M. le Duc d'Orléans.

TOME TROISIEME,
contenant l'Afrique.

A PARIS,

Chez MERLIN, Libraire, rue de la Harpe,
à l'Image Saint Joseph.

M. DCC. LXVIII.
Avec Approbation & Privilége du Roi.

AVERTISSEMENT.

LES contrées de l'Afrique, qui bordent la Méditerranée, & les plus intéressantes dans l'objet de l'ancienne Géographie, sont données dans les deux parties de l'Orbis Romanus, l'orientale, & l'occidentale. On a même donné à l'Egypte sa Carte particulière. Pour ce qui est de l'Ethiopie, & de ce que l'antiquité connoît dans l'intérieur du même continent; la Carte de l'Orbis Veteribus notus paroîtra suffisante à consulter.

Tome III.
*

AFRICA.

I. ÆGYPTUS

ET

LIBYA.

II. ÆTHIOPIA
SUPRA ÆGYPTUM.

III. AFRICA.
NUMIDIA.
MAURETANIA.

IV. LIBYA (vel AFRICA)
INTERIOR.

Tome III.   * A

I.

ÆGYPTUS

ET

LIBYA.

ÆGYPTUS.

LA grande célébrité de ce pays dans l'antiquité est assez connue. Ce fut de l'Egypte que la Grece tira les premières notions qu'elle eut des sciences & des arts, qui de la Grece passerent dans l'Occident. L'industrie d'un peuple fort nombreux en Egypte s'est signalée, non-seulement par des édifices, dont la solidité semble prévaloir sur l'élégance, mais plus encore par le grand nombre

A ij

de canaux dérivés sur des terres, qui n'avoient d'autre ressource pour être fertilisées, que les eaux de l'unique Fleuve que la nature ait donné à cette contrée. Elle se renferme proprement dans une longue vallée, qui du midi au nord en suivant le cours du Fleuve, s'étend dans l'espace de plus de six degrés, assez peu spacieuse en largeur pour ne paroître en général qu'une espèce de langue de terre. Mais il faut dire, qu'à l'issue de cette vallée le pays s'élargit, donnant passage aux différens bras, entre lesquels le fleuve se partage pour se rendre dans la mer, ce qui ajoute à l'étendue de l'Egypte un degré & demi en latitude. Tout ce qui n'est point à portée de recevoir les dérivations du fleuve, est une terre ingrate & sans culture; qui depuis la crète des montagnes qui bordent la vallée, s'étend d'un côté jusqu'au rivage du Golfe Arabique, & ne peut avoir quelques habitans que d'une race de Nomades ou pâtres, de l'autre se con-

fond avec les déserts de la Libye. L'E-
gypte gouvernée de temps immémorial
par des rois de sa nation, soit en un
seul corps de monarchie, soit en différens royaumes qui la partageoient, subit
ayant été conquise par Cambyse, fils de
Cyrus, le joug des Perses, qu'elle porta
assez impatiemment; & à cette domination succéda, par le démembrement
de l'Empire d'Alexandre, le regne des
Ptolémées, jusqu'à la réduction du pays
en province Romaine par Auguste. Elle
fut perdue pour l'Empire d'Orient, en
tombant au pouvoir des Arabes sous le
khalifat d'Omar, dans le septième siècle.
Son nom dans les Livres saints, & tiré
d'un des fils de Cham, est *Misraïm*, &
il se conserve sous la forme de Missir,
comme le prononcent les Turcs. Il ne
paroît pas douteux, que celui des Coptes, désignant actuellement un reste de
nation, séparément des Arabes qui sont
en grand nombre dans le pays, & des
Turcs qui y dominent, ne soit sous la

forme de Kypt qui lui eft propre, une altération du nom d'*Ægyptus*, d'après la prononciation grèque du gamma dans ce même nom.

A ce préliminaire nous ajouterons ce qui concerne la diftinction de différentes régions en Egypte, dont la plus générale eft celle de Supérieure & d'Inférieure. Dans celle-ci fe renferment les bras du Nil, depuis fa divifion jufqu'à fes embouchures ; & la figure triangulaire d'une lettre grèque, fait donner le nom de *Delta*, au terrein borné fur les côtés par les deux branches principales du fleuve, & par le rivage de la mer, qui fait la bafe du triangle. Mais il faut ajouter, que l'*Ægyptus inferior* déborde, tant à l'occident qu'à l'orient, ce qui forme le Delta. C'eft ce qu'actuellement, en ufant de la langue Arabe dans une fignification correfpondante, on nomme Bahri, autrement Rif, ou riverain de la mer. Pour ce qui eft de l'*Ægyptus fupérior*, on la trouve féparée de la précédente par une province particulière, dont le nom d'*Hepta-nomis* désigne qu'elle avoit été composée de l'union de sept districts ou préfectures, qu'en Egypte on appelloit Nomes, & dont on distingue plus de cinquante dans le détail qu'en fournit l'antiquité. La distinction de cette province subsiste encore dans ce qu'on appelle Vostani, ce qui répond en Arabe à une place intermédiaire, à l'égard de Bahri d'un côté, & du Saïd, ou pays supérieur, de l'autre. On sçait qu'en remontant jusqu'à la cataracte du Nil, qui fait le terme de l'Egypte vers l'ancienne Ethiopie, c'est ce qui tiroit de la fameuse Thebes une dénomination propre dans celle de *Thebais*. Telle est l'ancienne division de l'Egypte en provinces. Mais, par la multiplication qui fut faite des provinces de l'Empire en général, ce que l'Egypte inférieure avoit au-delà du canal du Nil qui se rend dans la mer sous la position actuelle de Damiat, compose dans le quatrième

A iv

fiècle une province fous le nom d'*Au-guftamnica* ; & le nom d'*Ægyptus* de-meure comme propre à ce qui refte de la précédente. Sous Juftinien , on voit l'Auguftamnique divifée en deux , pre-mière , & feconde , celle - ci dans les terres , l'autre maritime. C'eft ce qu'on nomme actuellement Sharkié , d'après le terme Arabe de Shark qui défigne l'orient , & par diftinction de ce qu'on nomme Garbîé , du terme de Garb ou d'occident , le canal du fleuve faifant la féparation de ces parties de la baffe Egypte. Ce qui avoit été nommé Hepta-nomis , prit fous Arcadius , fils du grand Théodofe , le nom d'*Arcadia*. Enfin , on voit la Thébaïde dans les temps pofté-rieurs divifée en deux , antérieure , & fupérieure , felon les termes qu'on trouve être employés à diftinguer ces parties. Pour traiter de l'Egypte dans le détail , nous croyons devoir y procéder en par-tant du voifinage de la mer , comme moins reculé de nos regards , que ce

ÆGYPTUS ANTIQUA
M. DCCLXV.

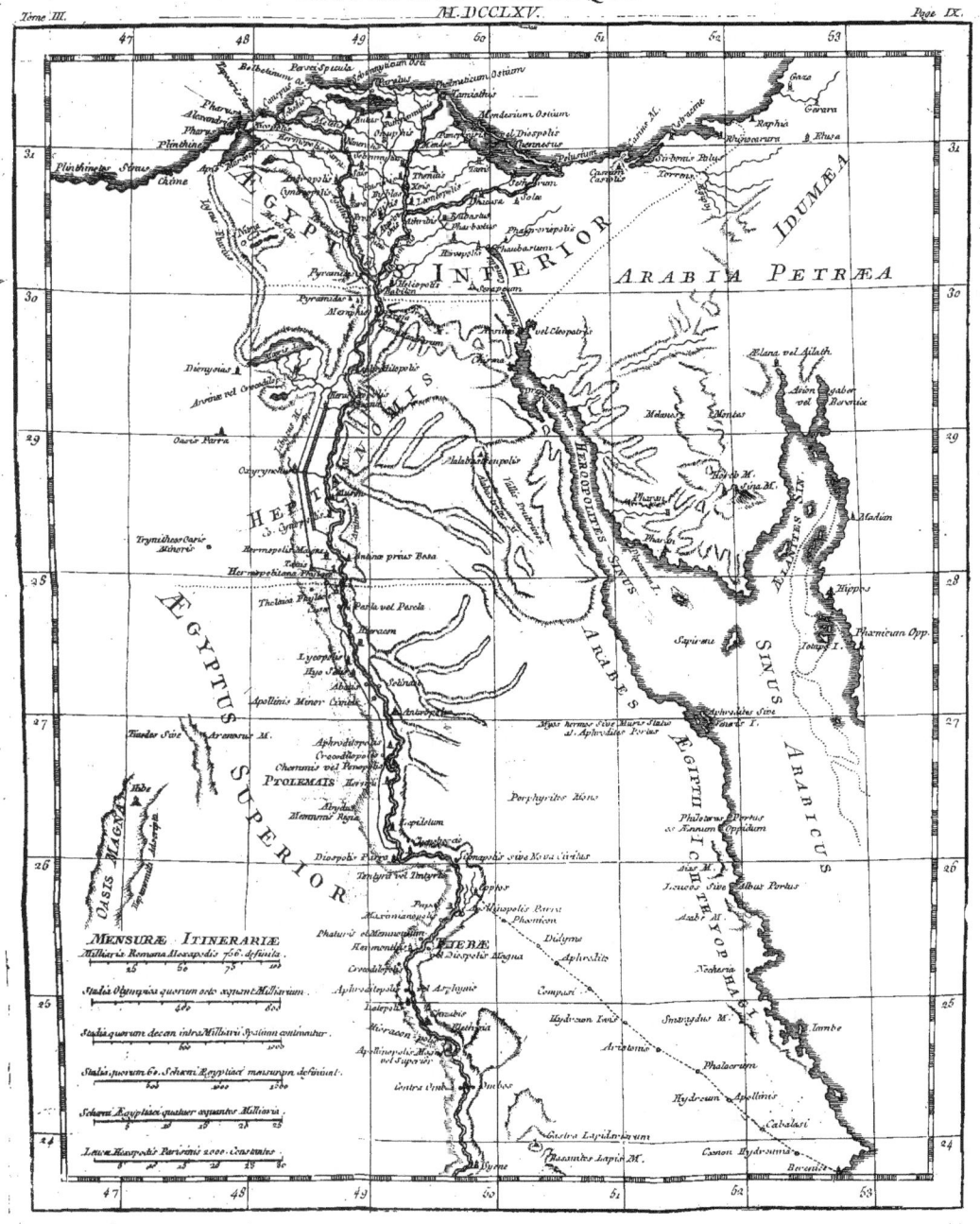

qui s'éloigne en remontant vers l'extrémité du pays la plus éloignée.

ÆGYPTUS INFERIOR.

ELLE s'étend le long de la mer, selon
les limites que lui assigne Hérodote,
depuis un golfe qu'un lieu nommé *Plinthine* faisoit nommer *Plinthinetes*, jufqu'au mont *Casius*, adjacent au Lac Sir-
bonide. Sur la pointe de ce qu'on appelle aujourd'hui le Golfe des Arabes,
Tapofiris se fait connoître sous le nom
d'Abousir. A quelques autres lieux obscurs succède immédiatement l'emplacement d'*Alexandria*. Une isle longue
& étroite au-devant de la côte, *Pharos*,
étoit jointe au continent par une chauffée, que sa longueur de sept stades
faisoit nommer *Hepta-ftadium*, & qui
féparoit deux ports au-devant de cette
ville, que le Lac *Mareotis* bordoit d'un
autre côté. L'avantage de cette situation,
sur un rivage où la nature n'a point

A v

donné à l'Egypte d'autres ports, détermina Alexandre à fonder une ville où il exiftoit un ancien lieu, dont le nom de *Rhacotis* demeura propre au quartier de la ville duquel partoit la chauffée de communication avec l'ifle, quartier diftingué d'un autre plus étendu fur le plus grand des deux ports, & qui nommé *Bruchion*, renfermoit plufieurs palais qu'habitèrent les Ptolémées. On fçait combien Alexandrie devint puiffante par fa pofition, qui en fit l'entrepôt le plus confidérable du commerce de l'Orient avec l'Occident. Et pour fatisfaire la curiofité qu'on peut avoir de connoître plus particulièrement une ville du nombre des premières de l'ancien Monde, un ouvrage qui traite de l'Egypte fpécialement, & du même auteur, renferme avec un plan fort exact du local, une defcription beaucoup plus circonftanciée. On y voit qu'un attériffement formé aux environs de l'Heptaftade, eft aujourd'hui le fol de ce que cette ville a d'habitations, une enceinte actuelle qui doit être postérieure à celle de l'antiquité, ne contenant guère que des ruines, & étant presque inhabitée. Le Lac *Mareotis*, qui ne resserre plus la ville d'un côté aussi étroitement qu'autrefois, conserve son nom dans celui de Birk Mariout.

A peu de distance d'Alexandrie, & sur le rivage, un lieu dont le nom de *Nicopolis* perpétuoit la mémoire d'un avantage remporté sur Antoine par Auguste, est aujourd'hui appelé Kasr Kiaffera, château des Césars. Plus loin, *Canopus*, lieu décrié par la licence qui y régnoit, occupoit une pointe avancée en mer, sur laquelle on connoît un château, nommé Abukir, ou le Bekier. L'une des deux principales embouchures du Nil en tiroit le nom de *Canopicum Ostium* ; & c'est ce qu'on nomme ujo urd'hui Maadié, ou passage, au-delà du Bekier. Mais, par les changemens arrivés dans les embouchures du fleuve, le *Bolbitinum Ostium*, où il s'est porté par le canal qui passe devant Rascid, dont le nom dans la bouche des Francs est Rosset, a pris l'avantage qu'avoit autrefois l'embouchure Canopique. Ce bras du Nil, appellé *Agathos-Dæmon*, ou du Bon Génie dan Ptolémée, & fermant un de côtés du Delta, en sépare ce que dans l'Egypte inférieure on nomme actuellement Bahiré. *Hermopolis* avec l'épithete de *parva*, pour la distinguer d'une plus grande dans l'Heptanomide, convient à la position actuelle de Demenhur. Sur le bord du fleuve, *Andropolis* & *Gynæcopolis*, dont les noms désignent les deux sexes, & qui paroissent avoir été des lieux contigus, conviendroient de même à deux positions immédiatement voisines en cette même situation, Shabur, où un canal qui va passer à Demenhur sort du Nil, & Selamun. Le désert où sont des lacs qui donnent du Nitre, s'éloigne des bords du fleuve, & il est mention de *Nitria* comme d'une ville. C'eſt une contrée ſous le nom de *Scithiaca* dans Ptolémée, & celui de *Sceté* mentionné fréquemment dans les légendes des Solitaires de ce déſert, ſe conſerve ſous la forme d'Askit dans un Monaſtère, que diſtingue entre pluſieurs le nom de Saint-Macaire. Le lieu nommé Terané, où le Natron comme on dit dans le pays, eſt embarqué ſur le Nil, trouve l'ancienne forme de ſon nom en celle de *Terenuthis*.

En paſſant dans le Delta, ſur la rive du fleuve, on reconnoît *Metelis* dans le nom de Miſſil, que les Dictionnaires Coptes donnent à une groſſe ville qui a pris le nom de Foûa. Des Miléſiens en remontant le Nil, avoient fondé une ville nommée *Naucratis*. Il eſt parlé de *Sais* comme d'une capitale en cette partie de l'Egypte ſupérieure, où un lieu porte encore le nom de Sa. *Taua* conſerve le même nom. *Nicii*, ayant le premier rang dans un nome appelé *Proſopites*, ſe fait connoître par le nom actuel de Nikios. L'isle *Prosopitis* entre deux canaux qui en embrassent l'étendue, avoit une ville qui sous le nom d'*Atarbechis* étoit consacrée à Vénus ; & une autre qu'on peut avoir curiosité de connoître, parce qu'il est mention dans l'histoire d'un long siége que les Athéniens y soutinrent contre les Perses, & dont le nom de *Byblos* paroît conservé dans celui de Babel. La division du Nil au sommet du Delta se partage en trois canaux, parce qu'il y a un canal intermédiaire des deux branches principales. A ce canal se joint entre plusieurs dérivations, un canal sortant du fleuve peu au-dessous de la position *Sebennytus*, qui subsiste avec le nom Semennud. La continuation de ces canaux réunis vers un grand lac, qui de la ville de *Butus*, située sur la rive méridionale, étoit appelé *Buticus*, prend à la sortie de ce lac son issue dans la mer sous un lieu nommé *Paralus*, ou Berelos, & cette issue est le *Sebennyticum Ostium*. Cette partie maritime fort marécageufe étoit par cette raifon appelée *Elearchia* , & dans ce terrein de difficile accès un prince Egyptien fe maintint contre les forces des Perfes fous le regne d'Artaxerxe Longuemain. Les veftiges d'une ville appelée Tekebi dans les livres des Coptes , pourroient convenir à *Pachnamunis ;* & *Onuphis* prendre la place d'un lieu nommé Banub. *Bufiris* & *Xoïs* font des villes de remarque fur la rive du fleuve peu au - deffus de Sebennyt ou Semennud ; la première confervant le nom de Bufir, & la feconde n'en devant point être éloignée , & fituée dans une ifle.

A la Bouche Sebennytique fuccéde le *Phatmeticum* ou *Phatniticum Oftium* , qui dans les tems de l'antiquité ne cédant en grandeur qu'aux Bouches Canopique & Pélufiaque , eft aujourd'hui une des deux principales embouchures du fleuve peu au-deffous de Damiat. Le nom de *Tamiathis* , dont il eft mention dans un fiècle qui précède immédiatement le temps où fe termine l'objet de l'ancienne Géographie, paroît appartenir à Damiat. Les trois Bouches ultérieures, y compris la Pélufiaque, fe rendent avant leur débouchement à la mer, dans un grand lac, auquel on ne connoît point de nom dans l'antiquité, mais que différens lieux, Manzalé, Tennis, font aujourd'hui défigner par leurs noms. Le *Mendéfium Oftium*, appellé actuellement Dibé, & par les Francs Pefchiera, tiroit fon nom de *Mendes*; & cette ville, & de même celle de *Thmuis*, felon différens témoignages, devoient également leur nom au bouc qui y étoit adoré. Une pofition d'Ashmun-Tanah paroît convenir à la première, & de grands veftiges de la feconde femblent en conferver le nom fous la forme de Tmaïé. Il faut auffi faire mention de *Panephyfis*, dans une fituation adjacente au lac, & cette circonftance lui convient fous un autre nom, qui eft *Diofpolis*, ce qui paroît ne montrer que la même ville fous deux noms différens, l'un Egyptien, l'autre Grec, selon qu'on en trouve plus d'un exemple dans l'étendue de l'Egypte. Le lieu le plus connu actuellement fur ce bord du lac eſt.Manzalé. *Tanis*, ancienne ville royale en Egypte, & dont le nom ſe lit *Zoan* dans le texte. Hébreu, conſerve quoiqu'abandonnée à quelques pâtres, des veſtiges ſous le nom de Sañ, peu loin du lac où ſe rend l'ancien canal qui formoit le *Taniticum Oſtium*, appelé aujourd'hui Eummé-fareggé. *Tenneſus*, dont il n'eſt mention que dans un temps poſtérieur à la première antiquité, eſt une poſition renfermée dans le lac, & dont le nom de Tennis eſt le même. Celui de Sethron fur le bord du lac, en tendant vers le canal Péluſiaque, fait connoître la poſition de *Sethrum*, autrement dite *Heracleopolis parva*.

Péluſe, le rempart & la clef de l'ancienne Egypte, n'eſt aujourd'hui connue dans ſes ruines que ſous le nom de Tineh, qui dans la langue Arabe remplace la

signification du nom de *Pelusium* , tiré
d'un terme Grec , par lequel la situation
de cette ville dans des marais est expri-
mée. Le mont *Casius* , peu considérable ,
forme une pointe en mer , nommée Cap
del-kas , ou du ciseau ; & le lieu de *Ca-
sium* adjacent dans les terres est nommé
Catieh. Le *Lacus Sirbonis* , qui en est
voisin , & où l'on disoit que Typhon ,
meurtrier d'Osiris , étoit submergé , a
pris dans le nom qu'on lui donne de Se-
baket Bardoïl , celui de Baudouin , le
premier des rois de Jérusalem de ce
nom , qui mourut au retour d'une expédition en Egypte dans le lieu nommé el-
Arish , qui est l'ancienne *Rhinocorura* ,
jusqu'où s'étendoit cette frontière , en
prenant sur des limites antérieures du
pays Philistin. *Ostracine* , qui est en
position moins reculée , trouve un reste
de son nom dans celui d'une pointe appelée Straki. Et il ne faut point omettre,
que l'entrée d'un ravin dans le lac Sirbo-
nide , recevant les eaux pluviales de plu-

fieurs torrens, qui viennent du défert compris dans l'étendue de l'Arabie Pétrée, repréfente le *Torrens Ægypti* de l'Ecriture, & qui felon faint Jérôme paffe entre Rhinocorure & Pélufe. C'eft ce canton de pays, qui couvert de fables mouvans & profonds, & que les Arabes appellent par cette raifon al-Giofar, rendoit l'abord de l'Egypte difficile à un ennemi.

Il faut fe rapprocher du Nil, peu loin duquel dans l'intervalle des canaux Pélufiaque & Tanitique, on reconnoît la pofition de *Leontopolis*, dans un lieu nommé Tel-Effabé, ou colline du Lion. En remontant au-deffus de la divifion du canal Pélufiaque, *Athribis*, ville confidérable, conferve le nom d'Atrib, fur le bras du Nil, auquel par cette pofition le nom d'*Athribiticus* devient plus convenable qu'à un canal intermédiaire des deux branches principales, comme on le voit dans Ptolémée. Une ville de même confidération que la précédente, *Bubaftus*,

dont le nom dans l'Ecriture se lit *Pibe-
set*, & qui n'est qu'altéré aujourd'hui
sous la forme de Basta, est sur un canal
dérivé du Pélusiaque à sa rive droite.
Celui qui avoit été creusé par le roi Ne-
cos, dans l'entreprise d'une communication avec le Golfe Arabique, étoit ouvert
à un lieu nommé *Phacusa*, dont la diftance à l'égard de Péluse nous est indiquée. Le canal passant à Basta tend à la
position de l'ancienne *Pharbœthus*, actuellement Belbeïs, où se rend d'un autre
côté ce qu'on appelle Khalitz-Abu-Me-
neggi, qui est le *Trajanus amnis* de Pto-
lomée, lequel selon son témoignage
passe à *Heroopolis*. On apprend d'ailleurs,
qu'il se terminoit dans des lacs, dont
l'eau naturellement amère prenoit la dou-
ceur de celle du Nil qui s'y rendoit. La
communication ne fut poussée jusqu'au
golfe que sous Ptolémée Philadelphe, &
il y a lieu de croire qu'elle étoit dégradée
au point de n'avoir plus l'avantage d'être
navigable dès le tems de Cléopatre. On en

diftingue néanmoins quelque trace entre le Suez & ce qu'on nomme le lac Sheïb.

Heroopolis , dont un des golfes que forme l'Arabique vers fon extrémité prenoit le nom d'*Heroopolites* ; eft le *Pithom* , dont il eft parlé dans l'Ecriture comme d'une ville conftruite par les Ifraëlites , *Patumos* de la contrée Arabique de l'Egypte dans Hérodote. Et la curiofité qu'il y auroit à connoître une place d'armes de très-vafte étendue, felon ce qu'on lit d'*Auaris* dans Jofephe , & par laquelle des rois appelés Pafteurs tinrent l'Egypte affujettie , nous fait ajouter , que fur quelques indices il conviendroit de prendre l'emplacement d'Heroopolis. Un lieu qui s'en fait très - voifin par les moyens donnés de fixer l'une & l'autre pofition, *Thaubaftum*, fe retrouve en celui qui eft appelé Habafeh , vers la tête du lac Sheïb , dont il a été parlé. Pour terminer l'Egypte fupérieure , le choix de quelques lieux nous ramenera vers le Nil. Il eft remarquable de retrouver le

Vicus Judæorum dans la dénomination actuelle de Tel-el-Iudieh , qui signifie colline de la Juiverie , & d'y connoître le lieu où fut un temple , dans lequel des Juifs contrevenans à la loi , qui ne permettoit à leur nation d'autre sanctuaire que celui de Jérusalem , pratiquerent leur culte réligieux pendant deux cens quarante-trois ans , jusqu'au règne de Vespasien. Une ville du rang des principales , *Heliopolis* , nommée autrement *On* , d'un terme Egyptien désignant le Soleil , de même que la dénomination Grèque le désigne , appelée depuis par les Arabes Aïn-Shems , ou fontaine du Soleil , conserve des vestiges dans le lieu nommé actuellement Ma-tarea , c'est-à-dire eau-fraiche. *Babylon* étoit une habitation formée par des Perses , & qu'il seroit vraisemblable de rapporter au temps de la conquête de l'Egypte par Cambyse. Un quartier conservant le nom de Báboul , & autrement Bablion , dans ce qu'on nomme communément le

Vieux-Caire, en fait connoître le véritable emplacement, dominant fur le Nil à quelque diftance au-deffus du Delta ; & on y diftinguoit un Pyrée, c'eft-à-dire un lieu propre au culte du Feu, felon la religion que profeffoient les Perfes. Sous les Romains, une des deux légions deftinées à la défenfe de l'Egypte, avoit fon quartier établi dans cette Babylone. C'eft immédiatement au-deffous que fort du Nil le Khalitz qui traverfe le Caire, & auquel un auteur Arabe, qui a écrit fur l'Egypte en particulier, fait porter le nom de l'empereur Adrien ; & fi dans Ptolémée le nom de Trajan lui eft appliqué, on fçait que l'adoption communiqua ce nom même à Adrien.

ARCADIA et ÆGYPTUS
SUPERIOR.

MEMPHIS, qui fur le bord occidental du Nil, devoit fa fondation à un roi des premiers temps de l'Egypte, nommé

Uchoreus, ville prédominante fur toute autre de l'Egypre avant qu'Alexandrie lui eût enlevé cet avantage, étoit éloignée de la pointe du Delta en remontant, de trois fchènes, autrement de quinze milles. Ces indications font l'unique moyen qui foit donné de connoître fon véritable emplacement. Et par la connoiffance des différentes mefures itinéraires propres à l'antiquité, & l'ufage de les combiner entre elles, celles qu'on vient de citer fe concilient, comme on pourroit s'en éclaircir dans un ouvrage, où l'Egypte eft décrite avec beaucoup plus de détail qu'on ne s'en permet ici. Un laps de temps confidérable l'avoit fort dégradée du temps qu'écrivoit Strabon, qui voyoit fes palais en mafures. Elle exiftoit néanmoins encore fix cens ans après, lors de l'invafion de l'Egypte par les Arabes, & il en eft parlé fous le nom de Mefr, en lui appliquant celui qui eft propre au pays même, dans lequel elle avoit tenu long-temps le premier

rang

rang. Mais, les veftiges qui fe montroient encore dans le quinzième fiècle, felon le témoignage d'Abulfeda dans fa Géographie, ne font plus en même évidence. Différens canaux dérivés du Nil, & qui féparent Memphis des anciennes fépultures & des Pyramides, ont fourni aux Grecs l'idée de leurs fleuves infernaux, *Acheron*, *Cocytus*, *Lethe*. Sur la rive du Nil oppofée à Memphis, un lieu qu'on prétendoit avoir été nommé *Troja*, par des Troyens qui avoient fuivi Ménélas en Egypte, fe fait connoître par fon nom actuel affez analogue, qui eft Tora.

La vallée dans laquelle coule le Nil étant peu fpacieufe en cette partie, refferrée principalement par la montagne orientale, que le nom d'*Arabicus mons* diftingue en général, & qui fuit de près la rive droite du Nil ; cette vallée s'ouvre de l'autre côté dans la montagne oppofée, ou le *Libycus mons*, une communication avec un canton de terre qui femble ifolé

Tome III. B

d'ailleurs. *Arsinoe*, autrement *Crocodilo-*
polis, étoit la ville principale de ce canton, qu'aujourd'hui on nomme le Feïum.
On sçait qu'il est couvert au nord par un
lac, & ce lac dans Strabon & dans Pro-
lémée paroît être le *Mœris*, mais ne sçau-
roit être le *Mœris* d'Hérodote & de Diodore. Le lac dont parlent ces auteurs est
un canal creusé de main d'homme, &
non pas l'ouvrage de la nature comme
est le précédent, canal prenant sa longueur du nord au midi, au contraire de
ce qui est connu du lac Arsinoïte ou du
Feïum. Une discussion étendue à toutes
les circonstances concernant cet objet,
ne convient qu'à un ouvrage particulier
comme celui qui a été cité sur l'Egypte.
Mais, un reservoir de trois mille six cents
stades de circuit ne devoit pas paroître
vraisemblable à plusieurs de ceux qui en
ont parlé de nos jours, lors sur - tout
qu'un stade fort inférieur de longueur au
stade commun ou olympique, ne s'étoit
point fait connoître, pour diminuer beau-

coup de cet excès d'étendue. Le vrai *Mœris*, dont Hérodote & Diodore font mention, se retrouve dans une lagune, dont la longueur du nord au midi, conformément au rapport d'Hérodote, prend environ neuf cents stades de l'ancienne mesure Egyptienne sur le local. De sorte, que dans le cas de vouloir que les trois mille six cents stades restent au Mœris, cette longueur donnée étant multipliée par quatre, les fournit justement en mesure de surface, & non en périmetrie ou circuit, selon le terme impropre dans Hérodote. On ne pouvoit s'expliquer plus succintement sur cet article. La lagune qui nous retrace le Mœris, est appelée Bathen, ou profonde. Un Labyrinthe contigu au Mœris, & construit par douze rois qui gouvernerent l'Egypte conjointement, convient à un lieu où il reste des vestiges d'antiquité. Celui dont parle Strabon, comme destiné à l'assemblée des préfectures de l'Egypte, & dont il indique la situation dans l'Arsinoïte,

B ij

ſe retrouve de même dans le lieu nommé Haûara.

On ne trouve la vallée du Nil auſſi ſpacieuſe en aucun endroit que dans une partie de l'Heptanomide. *Heracleopolis*, diſtinguée par le ſurnom de *magna*, de celle dont on a parlé dans le Delta, étoit avec l'étendue de ſon diſtrict renfermée comme une iſle entre le fleuve & un canal latéral. On peut être ſurpris, que Strabon & Ptolémée qui ont connu cette ſituation, ayent toutefois méconnu le Mœris dans ce canal, qui eſt préciſément cette longue lagune de Bathen, dont il eſt mention ci-deſſus. Le culte rendu à un poiſſon ayant le nez pointu, donnoit le nom à *Oxy-rynchus*, ville conſidérable à l'écart du Nil, & dont la poſition ne peut mieux ſe rapporter qu'à Behneſé, ſur le canal, qui tiré du Nil plus haut que la dérivation conduite au Mœris, ſe rend dans le Feïum, & eſt appelé par les Coptes Barh-luſef, dans l'opinion que c'eſt l'ouvrage du patriarche Joſeph.

Cynopólis, ou ville du Chien, que l'Egypte adoroit fous le nom d'Anubis, étoit renfermée dans une ifle du fleuve, ayant vis-à-vis une autre ville nommée *Có*. La fituation d'*Hermopolis magna*, ou de la grande ville de Mercure, eft fort connue pour être celle que conferve Ashmunein, qui, fi l'on en croit la tradition du pays, tire ce nom d'Ishmun, fils de Mifraïm, le pere de la nation Egyptienne. A ce diftrict fe termine l'Heptanomide, dans l'intervalle de deux poftes, l'un appelé *Hermopolitana Phylace*, l'autre *Thebaica*. On reconnoît dans ce canton une *Tanis*, dans le lieu actuel de Tauna, en remontant le canal qui fortoit du Nil à l'endroit ou la garde Thébaine avoit fon pofte. Il faut dire que l'une & l'autre *Oafis*, *magna* & *parva*, dépendoient de l'Heptanomide. On manque de connoiffance actuelle fur le petit el-Wah, & nous remettons à parler de l'autre en traitant de la Thébaïde, comme étant en même hauteur. Pour ce qui eft de

la droite du Nil en cette partie de l'E-
gypte, où le terrein eſt très - reſſerré
par la montagne, *Aphroditopolis* paroît
convenir au lieu nommé aujourd'hui
Atfieh, & le nom d'Ibrit, que l'on
trouve être donné à ſon diſtrict, eſt une
altération du nom que portoit le lieu
principal. Des grottes remarquables,
creuſées dans le roc de la montagne,
& qui ont été des temples, près d'un
lieu appelé Béni-haſſan, pouvoient appartenir à celui de *Speos - Artemidos*. Il
reſte ſur cette rive à parler d'*Antinoe*,
qui n'étant primitivement qu'un lieu
obſcur, nommé *Beſa*, devint une ville,
dont les veſtiges témoignent la magnificence de l'empereur Adrien, pour perpétuer la mémoire d'un favori. La dénomination de cette ville eſt aujourd'hui
altérée en celle d'Enſené, & une ſépul-
ture révérée lui fait même ſubſtituer le
nom de Shek-Abadé.

En entrant dans la Thébaïde, & après
avoir paſſé *Cuſa*, aujourd'hui Cuſſié, on

trouve *Lycopolis*, ou *Lycôn*, la ville des Loups, qui eſt encore de quelque conſidération, un peu à l'écart de la rive gauche du Nil, ſous le nom de Siut ou Oſiot. Peu au-delà, on connoît des veſtiges d'*Hypſelis* dans un lieu nommé Sciotb; *Abotis* ſubſiſte dans Abutig; & *Apollinis minor civitas* eſt en ruine dans le lieu nommé Sedafé. De l'autre côté, *Selinon* ſe retrouve dans le nom de *Silin*; & *Antæopolis*, qui portoit le nom d'Antée, dont il eſt parlé comme ayant gouverné la Libye & l'Ethiopie ſous le regne d'Oſiris, conſerve des veſtiges dans le lieu qu'on nomme Kau-il-Kubbara. En remontant plus haut, la dénomination Egyptienne de *Chemmis*, qui fut un autre héros contemporain du même prince, eſt reſtée dans Ekmim, celle de *Panopolis*, ou de ville de Pan, donnée par les Grecs, n'en ayant point fait paſſer l'uſage dans le pays. En revenant à la gauche du Nil, *Aphroditopolis*, conſacrée à Vénus, & *Crocodilopolis* au Crocodile, trouvent l'emplacement convenable dans les ruines de lieux nommés Itfu & Adribé. Une ville, qui sous la domination des Ptolémées conftruite à la manière des villes Gréques, devint la plus puiffante dans l'Egypte fupérieure, *Ptolemaïs*, avec le furnom d'*Hermii*, dont la fignification eft inconnue, conferve quelques veftiges dans un lieu aujourd'hui peu confidérable fous le nom de Menshié. Girgé, qui un peu au-deffus eft actuellement la principale des villes du Saïd, ne paroît exifter que depuis environ trois cents ans; & le lieu qu'occupoit une ville des premiers tems, nommée *This*, & dans le diftrict de laquelle la Ptolémaïde dont on vient de parler avoit été fondée, n'eft point connu. *Abydus*, qui fut la réfidence de Memnon, n'étant inférieure qu'à la grande Thèbes, eft enfévelie dans fes ruines, comme le nom actuel de Madfuné l'exprime, & fa fituation reculée du Nil, eft conforme au témoignage de l'antiquité. A cette hauteur précifément eft l'*Oafis magna*. On appelloit *Oafes* en général quelques cantons de terre enveloppés des fables de la Libye, comme des ifles au milieu de la mer. Celui-ci étoit un lieu d'exil, & c'eft un trait de l'imagination des Grecs de l'avoir appelé l'ifle des Bienheureux.

Au fommet d'un grand coude dans le cours du Nil, *Diofpolis parva* étoit fituée dans le lieu nommé actuellement How. Sur l'autre rive, *Chenobofcion* répond à la pofition dont le nom eft Cafr Effaïad, ou château du Pêcheur. Vers le fond d'un autre repli du fleuve fur fa rive gauche, *Tentyra* ville autrefois des plus confidérables, conferve de grands veftiges avec le nom de Dendera; & à peu de diftance au-delà du Nil, *Cænepolis*, c'eft-à-dire ville nouvelle, convient à ce qu'on nomme aujourd'hui Kené. *Coptos*, & felon la forme actuelle de ce nom Kept, n'étant point fur le bord du Nil, un canal y conduit.

Cette ville étoit le grand entrepôt du commerce, par une route que Philadelphe rendit pratiquable dans l'efpace de 257 milles, au travers d'un pays aride & défert, jufqu'à un port nommé *Berenice*, où les marchandifes qui par le Golfe Arabique arrivoient de l'Orient, étoient débarquées. Cet avantage tranfporté il y a quelques fiècles à un lieu nommé Kous, fitué fur la rive même du fleuve, avoit fait de ce lieu peu confidérable dans l'antiquité fous le nom d'*Apollinopolis parva*, la plus puiffante ville qui fût dans le Saïd. On préfume que *Maximianopolis* convient à la pofition de Nekkadi fur la rive gauche.

Nous arrivons à Thèbes, nommée par les Grecs *Diofpolis magna*, ou la grande ville de Jupiter. Maltraitée par Cambyfe, & depuis par Philométor, & même fous Augufte pour caufe de rébellion, cette fameufe ville n'étoit plus dès-lors habitée que par villages, de même qu'aujourd'hui les reftes de quelques édifices, qui donnent encore une grande idée de leur ancienne magnificence ; font répandus en différens lieux, dont les plus connus fe nomment Akfor, ou Luxor. Ce qu'on lit dans les anciens fur fon étendue, fçavoir 140 ftades de circonférence, en donnant la longueur de 400 ou 420, ne peut s'entendre qu'en changeant l'emploi des termes, pour reconnoître le jufte rapport du diametre à la circonférence. Si l'on trouve la longueur donnée d'environ 80 ftades par Strabon, qui avoit accompagné à Thèbes un Gouverneur d'Egypte, elle ne différera guère des 140, qui fe rapporteront comme il convient de les prendre, à l'ancienne mefure Egyptienne, & non à la mefure du ftade devenu le plus commun dans l'ufage. Cette folution de difficulté permet de voir dans la grande Thèbes une ville immenfe, dont le circuit fera d'environ neuf lieues Françoifes, ou de 27 milles Romains. Ses débris font en effet répandus en plufieurs lieux diftants les

uns des autres ; & fur la rive oppofée,
qui eft la gauche du fleuve en defcen-
dant, un grand quartier étoit diftingué
par le nom de *Memnonium* ; & avec d'anciens veftiges, on y reconnoît en même-
temps ce qui dans l'Ecriture porte le
nom de *Phatures*. Les fépultures des rois,
creufées dans la montagne Libyque, font
adjacentes.

Peu au-deffus du même côté eft *Her-
monthis*, confervant fon nom en celui
d'Erment, & de grands veftiges d'antiquité. Une *Aphroditopolis* prenant la place du lieu actuel d'Asfun, on juge que
c'eft fous le nom d'*Asphynis* que cette
même ville fe trouve citée entre les
poftes militaires de la Thébaïde. *Lato-
polis*, portant le nom d'un poiffon qui
y étoit adoré, eft aujourd'hui Afna, ce
qui fignifie l'illuftre. On connoît des veftiges d'*Apollinopolis magna* dans le lieu
nommé Edfu. Une ville confacrée à l'E-
pervier, *Hieracôn-polis*, fe place dans
le voifinage ; & fur l'autre rive, *Elethyia*,

ou ville de Lucine, avoit un autel souillé de victimes humaines. Le lieu de *Silsilis* est remarquable, par la circonstance que répondant à ce qu'on nomme Gebel Silsili, ou mont de la Chaîne, les rives du fleuve s'y trouvent resserrées entre l'une & l'autre des deux montagnes, au point de faire croire dans le pays qu'une chaîne étoit tendue d'un bord à l'autre. La position d'*Ombos* se fait connoître dans le nom de Koum-Ombo, ou colline d'Ombo. Enfin, nous atteignons *Syene*, dont le nom dans la forme actuelle ayant l'article préfixe, est Assuan. L'isle *Elephantine* ne s'en éloigne que d'un demi-stade ; & la Cataracte n'est au-dessus d'Elephantine que d'un espace de sept stades. De deux Cataractes différentes, celle-ci est la petite, la grande plus reculée étant en Nubie. Elle est formée par un rocher, qui du côté supérieur laisse couler les eaux d'une pente naturelle, jusqu'à leur chûte en arrivant à la partie inférieure, mais qui n'est pas si précipitée, que des esquifs ne puissent s'abandonner à la pente rapide sans se perdre. *Philæ* est une autre isle au-dessus de la Cataracte ; & toute petite qu'elle est ainsi qu'Eléphantine, c'est-là comme à Syené & à Eléphantine, qu'une des trois cohortes qui gardoient cette frontière, où se terminoit l'Empire Romain, avoit son poste. Il faut dire avant que de se porter ailleurs, qu'en s'éloignant de la rive droite du Nil vers la hauteur de Syené, le *Basanites mons* est remarquable par des carrières d'une pierre noire & dure, appelée Baram, & qui étant taillée fournit à l'Egypte des vases & ustensiles de ménage.

Il nous reste à parcourir le rivage du Golfe Arabique. A son extrémité, la position d'*Arsinoe*, dont il est aussi mention sous le nom de *Cleopatris*, prend celle du Suez. *Clysma* est un autre lieu, sur le même bord en tirant vers le midi, & auquel se rapporte la dénomination de Kolzum, que les Arabes étendent à.

tout le golfe. Une pointe recourbée en forme de faux, étoit appelée par cette raison *Drepanum*. Le *Myos-hormos*, auquel on trouve aussi le nom d'*Aphrodites*, ou de Vénus, l'autre pouvant s'interpréter le port de la Souris, est couvert d'une ou de plusieurs isles, portant le même nom d'*Aphrodites*. Le nom actuel, Sufange-ul-bahri, paroîtra avoir quelque rapport, en ce qu'il signifie éponge de mer, à celui que les Grecs donnoient à Vénus comme étant sortie de l'écume de la mer; & le nom de *Suph*, appliqué au Golfe Arabique dans l'Ecriture, est propre à désigner des plantes marines & fluviales. Le port dont actuellement il est le plus parlé, comme plus en correspondance avec le haut pays de l'Egypte, & nommé le Coseïr, convient au *Philoteras* de l'antiquité. Le *Smaragdus mons* paroît peu éloigné de la mer, & c'est ce qu'en Arabe on trouve nommé Maaden Uzzumurud, ou mine d'Emeraude. Une pointe sous le nom

de *Lepte extrema*, eſt jugée correſpondre
à un Cap que les Arabes appellent Ras-
al-enf, ou tête du nez. En entrant dans
un golfe qui ſuccède à cette pointe, *Berenice* étoit le port dont la poſition de
Coptos a donné occaſion de parler ; &
l'eſtime que faiſoient les anciens d'être
en même hauteur que le point de Syené,
ſert de détermination à ſa poſition.
Toute cette côté eſt habitée par des Arabes Ichthyophages, ou mangeurs de poiſſon , & devenus ſauvages en contrac-
tant des alliances avec des Troglodytes,
que leur demeure dans des cavernes faiſoit ainſi appeler.

L I B Y A.

LE nom de *Libya* chez les Grecs s'étend
à toute l'Afrique. Mais, pris beaucoup
plus étroitement, & comme nous l'en-
tendons ici, il ſe renferme dans ce qui

succède à l'Egypte vers le couchant, jusqu'à un golfe de la Méditerranée appelé
la grande Syrte. Les Ptolémées, ou quelque prince de leur sang, possédèrent ce
pays, & sous l'Empire d'Orient la Libye
fut annexée au gouvernement de l'E-
gypte. On y distingue deux provinces,
dont l'une est *Marmarica*, l'autre *Cyre-*
naica, la première limitrophe de l'E-
gypte, la seconde reculée vers la Syrte.
La nation des *Marmaridæ* avoit donné
le nom à la Marmarique, & il est parlé
de celle des *Adyrmachidæ* comme étant
contigue à l'Egypte. En suivant la côte,
on ne voit que des lieux trop obscurs
pour devoir en faire mention, jusqu'au
Parætonium. Celui-ci étoit une place,
que les Ptolémées regardoient comme
une tête avancée pour couvrir leur frontière ; & al Baretoun, selon que le même
nom se prononce actuellement, est tenu
par le Grand-Seigneur comme une dépendance de sa domination en Egypte.
Apis, qui succède immédiatement, étoit

encore un lieu Egyptien par le culte qui
y étoit établi. Et toute cette partie com-
pofe dans Ptolémée un Nome, appelé
Libycus. La pofition dont le nom eft
Mareotis, avancée dans les terres, fe peut
appliquer à celle que donne la Géographie actuelle fous le nom de Si-wah.
Ammon ou *Hammon*, qui étoit le Jupiter de l'Egypte, repréfenté avec une tête
de bélier comme à Thèbes, avoit fon
temple dans un canton plus reculé, que
les fables de la Libye environnoient. Ce
lieu eft décrit dans les écrivains de l'antiquité, comme renfermant différens
quartiers dans une triple enceinte; &
les Ammoniens ayant eu des rois, comme on le voit dans Hérodote, leur demeure compofoit un de ces quartiers.
Selon la Géographie actuelle, ce qu'on
trouve fous le nom de Sant-rieh paroît
en tenir la place; & par la nature du
pays, qui ne laiffe point diftinguer d'autre objet, on n'eft point embarraffé fur
le choix.

Mais revenons au rivage de la mer.
Le lieu nommé *Catabathmus magnus*, ou
la grande defcente, aujourd'hui en langue Arabe Akabet-affolom, eft remarquable en ce que dans quelques anciens
auteurs il fait la féparation de l'Afie
d'avec l'Afrique. Ce lieu eft pris auffi
pour le terme de la Marmarique, en
donnant à la Cyrénaïque ce qui fuccède
immédiatement, felon l'étendue que les
princes qui régnerent à Cyrène pouvoient avoir donné à leur domination.
Cinq villes principales faifoient diftinguer la Cyrenaïque par le nom de *Pen-
tapolis*. En fe conformant à Ptolémée,
Darnis eft la première ville à citer dans
la Cyrénaïque, & Derne eft encore
fon nom. Des Lacédémoniens fortis de
Thera, ifle de la Mer Egée, fondèrent
Cyrene. Le dernier des Ptolémées qui
y regna, furnommé Apion, légua fon
royaume aux Romains, qui de la Cyrénaïque & de l'ifle de Crete formerent
une province. La ville étoit fituée affez

avantageufement pour être vue de la
mer, quoiqu'elle en fût écartée. *Apollonia*
étoit fon port ; & parce que ce port fe
nomme aujourd'hui Marza - Sufa, ou
Sofush, on connoît que c'eft une même
ville que *Sozufa* dans un temps pofté-
rieur, ou du bas-Empire. Cyrene dès-
lors fort dégradée, conferve néanmoins
quelques reftes, avec le nom de Curin.

La pointe du continent de la Libye
qui s'avance le plus en mer, *Phycûs promontorium*, fe nomme aujourd'hui Ras-
al - Sem, & chez les gens de mer Cap
Rafat. *Ptolemais*, que l'on trouve quel-
quefois confondue avec *Barce*, qui néanmoins avoit fa pofition particulière à
l'écart de la mer, garde fon nom dans
celui de Tolometa, & le nom de Barca
eft affez connu. *Teuchira*, qui fous le
regne des princes Egyptiens avoit pris
le nom d'*Arfinoe*, fait retrouver le primitif dans Teukera fur ce rivage. *Adriane*
qui fuit, conviendroit à ce qu'on nomme actuellement Ben - gafi. *Berenice* fe

fait connoître par le nom de Bernic : mais il faut dire, que fur quelque témoignage particulier, Ben - gafi & Bernic feroient le même lieu diverfement appelé. Quoiqu'il en foit, la même ville étoit auffi défignée par le nom d'*Hefperis*, & l'antiquité y place le jardin des Hefpérides. L'enfoncement de la grande Syrte acheve de terminer cette contrée. Dans l'intérieur, quelques portions de terre, qui comme Ammon & les Oafes dé l'Egypte, ont au milieu d'un pays aride & fabloneux, des eaux, & des plans de palmiers ou dattiers, plutôt que d'autres efpèces d'arbre, ne font point fans habitation, & il en eft ainfi d'*Augila*, qui conferve le même nom. De plufieurs nations fort obfcures de la Libye, il faut excepter les *Nafamones*, qui adjacents à la grande Syrte vers fa profondeur dans des terres, étoient décriés par un brigandage exercé fur les bâtimens, qui jettés à la côte y faifoient naufrage. On ajoute fur leur compte,

qu'ils avoient presque détruit la nation
des *Psylli*, que l'opinion d'avoir du
pouvoir sur les serpens, & le don d'en
guérir la piquure en suçant la playe, distingue dans l'antiquité.

I. I.

ÆTHIOPIA

SUPRA ÆGYPTUM.

LE Nil, en le remontant au-deſſus de ſon entrée en Egypte, nous conduira dans l'intérieur de l'Ethiopie. Si l'on s'en rapporte aux différentes verſions de l'Ecriture, au témoignage de Joſephe & de ſaint Jérôme, le nom de *Chus*, tiré d'un des fils de Cham, convient à cette contrée. Celui d'*India* lui eſt appliqué en pluſieurs endroits de l'antiquité. Elle borde le Golfe Arabique, & par une continuité d'étendue vers le midi, la Mer Erythrée. Ptolémée la reſſerre vers le couchant parce qu'il déſigne ſous le nom de Libye intérieure, que quelque enchaînement de circonſtances locales

nous fera néanmoins entamer ici. Ce
qui a été dit en parlant de l'Egypte fur
la nature du pays, en diftinguant les
terres adjacentes au Nil, d'avec ce qui
s'en écarte, continue d'être femblable
dans ce qui fuccède immédiatement fous
le nom actuel de Nubie, jufqu'à une autre difpofition de pays, qu'en reculant
plus loin on trouve dans ce qu'on nomme l'Abyffinie. Entre plufieurs lieux atta-
chés au cours du Nil, on reconnoît *Pre-
mis* dans le nom d'Ibrim, comme prononcent les Turcs, qui étendent les limites de leur domination jufque-là. Dans
Ptolémée, c'eft avec l'épitethe de *parva*
que l'on trouve ce lieu, pour le diftinguer d'un autre de même nom, mais
beaucoup plus reculé, & qui n'eft point
connu aujourd'hui. La grande Cataracte
dans une montagne appelée Genadel,
eft peu au - deffus d'Ibrim. Ces bords
du Nil étoient occupés par les *Blemmyes*, dont la figure auroit été monf-
trueufe, felon qu'en parlent quelques
auteurs

auteurs anciens ; & on lit en effet dans un hiftorien, que des hommes de cette nation amenés à Rome fous l'empereur Probus, parurent extraordinaires aux yeux du peuple Romain. Des *Nobatæ*, qui habitoient aux environs de l'Oafis, furent établis vers Eléphantine, pour contenir les Blemmyes. C'eft fous le nom d'al-Kennim qu'on connoît actuellement la nation de cette partie de la Nubie. Une pofition appelée *Cambyfis ærarium*, défigneroit le dépôt de la caiffe militaire de Cambyfe, qui pouffa fon expédition au-delà des limites de l'E-gypte, & dont l'armée fut prefque enfévelie fous les fables. Selon les notions actuelles, quand après avoir quitté les bords du Nil à Siut, on a paffé l'el-Wah, la traverfée d'un défert des plus arides fait retrouver le bord du fleuve dans un lieu nommé Mosho, vis-à-vis duquel eft une ifle appelée Argo, & dans Ptolémée on trouve une pofition dont le nom fe lit *Arbos*. Une infulte

Tome III. C

faite au nom Romain fur la frontière d'Egypte fous le regne d'Augufte, fit paffer une armée Romaine jufqu'à *Napata*, qui étoit la réfidence d'une reine nommée Candace ; & on eft inftruit qu'en cet endroit le Nil n'eft diftant du Golfe Arabique que de trois journées.

Il faut maintenant parler de *Meroe*, que les anciens croyoient être une ifle. Deux fleuves que le Nil reçoit fucceffivement fur fa rive droite, *Aftaboras*, & plus haut *Aftapus*, renfermeroient en effet Meroé, fi ces deux fleuves avoient une communication entre eux. Le premier nommé eft celui qui dans l'Abiffinie eft appelé Tacazé. A fon confluent dans le Nil une ville qu'indiquent les Géographes Arabes fous le nom d'Ialac, feroit la ville même du nom de *Meroe*, felon la pofition que lui donne Ptolémée à ce confluent. Mais, on trouve une diftance donnée, pour remonter par le Nil jufqu'à cette ville, dont le nom dans la Géographie Arabe de l'Edrifi eft

Nuabia, comme étant commun à la capitale & au pays, de même qu'il en est de Meroé dans l'antiquité ; & on voit l'affinité de ce nom avec celui qui est devenu propre à la Nubie. Des Egyptiens bannis par Psammitichus, & appelés *Sebridæ*, ce qui les désignoit comme étrangers, obéissoient à une reine en possession du trône à Meroé. Mais, plus avant dans le pays, & à quelque distance du cours du Tacazé au levant, *Auxume* étoit une ville royale, dont les vestiges ayant quelques restes de ce qui décoroit les villes Egyptiennes, conservent le nom d'Axum. Ce fut dans un lieu peu éloigné de cette ville dominante, que Frumentius, envoyé d'Alexandrie par S. Athanase, pour porter la lumière de l'Evangile en Abissinie, établit sa résidence, qui conserve son nom en celui de Frémona. On arrivoit à Auxume, en partant d'Adulis près du Golfe Arabique, par une ville nommée *Coloe*, qui peut se rapporter à celle qui

C ij

ſous le nom de Dobarua eſt la demeure d'un prince Abiſſin , appelé le Bahr-Nagash , ou roi de la contrée maritime. Il faut citer le monument d'Adulis , qui eſt une magnifique inſcription Greque , que le troiſième des Ptolémées , ou Evergete , avoit placée ſur un trône de marbre pour perpétuer la mémoire d'une grande expédition en ces contrées. Entre pluſieurs provinces que ce prince dit avoir conquiſes , on trouve celle de *Semen* , engagée dans les hautes montagnes dont une partie du pays eſt couvert , & ce nom y eſt encore le même.

Le Nil reçoit au-deſſus de l'*Aſtaboras* , & du même côté , ſelon ce que nous avons dit précédemment , un autre fleuve , nommé *Aſtapus*. C'eſt ſur quoi le témoignage des auteurs anciens les mieux inſtruits eſt formel. Ce fleuve ne ſçauroit être que l'Abawi des Abiſſins , dans les ſources duquel on s'eſt flatté depuis leur découverte au commencement du ſiècle précédent , de trouver

les sources du Nil, l'objet des recher-
ches de l'antiquité, & sur lequel les
opinions étoient étrangement parta-
gées. Ptolémée faisant sortir l'*Aftapus*
d'un marais ou d'un lac qu'il nomme
Coloe, on reconnoît dans cette circonftance particulière le Bahr Dambea, où
l'Abawi voisin de son origine porte ses
premiers courans d'eau. On eft actuellement informé, que ce fleuve, qui en
fortant des limites de l'Abiffinie entre
dans la Nubie, y rencontre un autre
fleuve, venant d'une partie de l'Afrique plus reculée dans l'intérieur de ce
vafte continent, & le nom fous lequel
il fe fait connoître en arrivant à cette
jonction eft Bahr-el-abiad, c'eft-à-dire
rivière blanche. Or, ce fleuve repréfente d'une manière pofitive celui que
les anciens appellent le Nil, diftincte-
ment de ce qu'ils connoiffent fous le
nom d'*Aftapus*. Dans la néceffité où nous
met l'antiquité de trouver deux fleuves,
reçus fucceffivement par le Nil fur la

droite de fon cours, l'Abawi nous montre le fleuve fupérieur, comme le Tacazé
s'eft montré l'inférieur. Un article fur
lequel il ne s'agiffoit pas moins que de
détruire des idées reçues, demandoit
cette difcuffion.

Au-refte, quoique le Nil de Ptolémée, fortant de deux lacs au pied des
montagnes de la Lune, puiffe encore
paroître dans la Géographie, c'eft avec
la réferve de ne pas reculer ces objets
jufque dans l'hémi-fphère auftral. Le
Coloe qu'il place fous la Ligne, eft toutefois plus feptentrional de douze degrés.
Il faut obferver, que fi le Nil venoit
de plus loin que la Ligne équinoxiale,
les pluies régulières qui dans la Zône
Torride fuivent le cours du Soleil, lorf-
qu'il eft fucceffivement vertical tant au-
delà qu'en-deçà de la Ligne, entretien-
droient le débordement annuel du fleuve
dans plus d'une faifon. En confultant
les Géographes Arabes, on trouve qu'ils
ajoutent à Ptolémée un troifième lac,

recevant les deux branches du Nil, &
duquel outre le Nil d'Egypte, comme ils
s'expliquent, fort un autre fleuve qu'ils
appellent le Nil des Nègres. Mais, une
caufe égale & fimultanée, faifant débor-
der les rivières qui coulent en même
hauteur de climat, il n'eft pas nécef-
faire de fuppofer un partage des eaux du
Nil, pour qu'un autre fleuve déborde en
même-temps. On a cependant appris,
qu'au temps du débordement, un canal
nommé Bahr - el - azurak, ou rivière
bleue, met une communication entre
le Nil & la rivière d'un pays connu fous
le nom de Bournou. Ptolémée inftruit
de plus de circonftances dans l'intérieur
de l'Afrique que les autres Géographes
de l'antiquité, nous donne cette rivière
fous le nom de *Gir.* Tirant fon origine
de ce qui eft appelé *Vallis Garamantica,*
on croit reconnoître le même nom dans
celui de Gorham, felon la Géographie
moderne. Et un lac placé entre ce fleuve
& le Nil, & appelé *Nuba Palus,* fe

C iv

retrouve dans celui fur lequel une ville nommée Kaugha eft fituée, felon les mêmes notions actuelles. Si le nom des *Nubæ* fe trouve répété en plufieurs endroits, c'eft particulièrement aux environs du marais Nube, qu'il doit être placé. On voit dans Ptolémée une dérivation du Gir vers des marais nommés *Chelonides*, ou des Tortues. La Géographie Arabe fait mention d'une rivière, qui après avoir paffé par la ville de Koukou, réfidence d'un prince, coule dans l'efpace de plufieurs journées vers le midi pour fe rendre dans des marais. C'eft tout ce qu'on eft en état de dire, en cherchant à combiner les circonftances données dans cette partie intérieure. *Gira metropolis* fur le Gir, doit être la capitale du royaume que traverfe ce fleuve qui va terminer fon cours dans un lac, de même qu'en cette contrée plufieurs autres rivières ne peuvent continuer de couler jufqu'aux rivages de la mer.

Après avoir ainsi parcouru le fond des terres, c'est la partie maritime qui doit nous occuper maintenant : elle nous conduira au terme le plus reculé de l'ancienne Géographie vers le midi. La terre adjacente au Golfe Arabique étoit appelée *Troglodytice*, parce que les habitans font leur demeure dans des cavernes, & Ptolémée Philadelphe se l'assujettit. C'est ce qu'on nomme la côte d'Habesh, du même nom que celui d'Abissinie, dont on ne peut supprimer l'aspiration que par complaisance pour l'usage. La ville de *Berenice*, à laquelle conduisoit une voie ouverte depuis Coptos, comme on a vu dans la description de l'Egypte supérieure, étoit sur un golfe, que son fond étant sale, comme disent le marins, faisoit appeler *Sinus Immundus*. Dans un Géographe Arabe, son nom est Giun-al-Malik, ou Golfe du Roi. Au-devant est une isle, qu'une pierre précieuse faisoit nommer *Topazos*, & qui infestée de serpents, avoit été nommée *Ophio-*

C v

des, ou Serpentaire. C'eſt ſous le nom de Zemorgete qu'on la trouve actuellement. Une pointe, fort connue des navigateurs du golfe, & qui ſe nomme Calmés, porte des tombeaux, ce qui nous indique poſitivement le promontoire du nom de *Mnemium*, dérivé d'un terme Grec qui ſignifie la même choſe. Peu loin de la côte, une montagne ayant des mines, dont les Ptolémées tiroient beaucoup d'or, fait trouver une *Berenice*, diſtinguée par le ſurnom de *Panchryſos*, qui dans le Grec veut dire tout or. Le nom de cette montagne dans les Géographes Arabes, qui parlent de ſa richeſſe, eſt Alaki ou Ollaki, & on connoît un port voiſin appelé Salaka Celui qui ſous la domination des Ptolémées étoit appelé *Theôn ſoter* ou *Soterôn*, c'eſtà-dire Sauveur ou des Dieux Sauveurs, & auquel convient auſſi le nom de *Suche*, qui pouvoit être propre aux naturels du pays, que l'on trouve appelés *Suchiim* dans le texte de l'Ecriture, ſe fait con-

noître comme étant Suakem. Dans son
baſſin de peu d'étendue, une petite iſle
contient une ville très-peuplée, & de
grand commerce, où réſide un Pacha
Turc. *Ptolemais*, que la chaſſe des Elé-
phans faiſoit ſurnommer *Epi-theras*, ou
Ferarum, étoit ſituée ſur une pointe de
terre, qu'on avoit même iſolée par une
coupure, & qu'on trouve actuellement
ſous le nom de Ras Ahehaz. Des ſça-
vans ſe ſont mépris en prenant Matzua,
dont nous allons parler, pour cette Ptolémaïde. Une circonſtance remarquable
dans ſon voiſinage, c'eſt la mention qui
eſt faite d'une dérivation du fleuve Aſtaboras dans le golfe.

Il eſt parlé d'*Adulis* dans l'antiquité
comme du lieu le plus fréquenté de
cette côte; & par une correſpondance
de poſition avec la ville royale des Au-
xumites, on voit que la hauteur donnée dans Ptolémée eſt trop reculée vers
le midi. Le lieu de ce nom étoit à quelque diſtance du rivage, dans l'enfonce-

C vj

ment d'une anfe fpacieufe, dont la plage
fe nomme Arkiko, ayant fur la droite
la petite ifle de Matzua. Au-devant de
cette anfe eft la plus grande des ifles
qui foient dans le golfe, & que l'on
trouve nommée *Orine*, c'eft-à-dire
montueufe, comme elle fe montre en
effet en venant du large. Son nom actuel
eft Dahlak. On reconnoît un autre port
plus reculé, & une ville fous le nom
de *Sabæ*, dans celui d'Affab, qui pourroit avoir pris cette forme par l'union
d'un article préfixe, comme dans la
langue Arabe; ou lui être commun avec
le nom d'*Affabinus*, que les Troglodytes donnoient à leur Jupiter. La dernière place fur le golfe, & nommée
Berenice, étoit diftinguée des autres de
même nom par le furnom d'*Epi-dires*,
comme adjacente au détroit ferré en
forme de col, par lequel ce golfe communique à la Mer Erythrée. A cette
hauteur eft la contrée appelée *Cinna-*
momifera. Le Cinnamome, dont on ne

connoît plus que le nom, qui actuellement fe donne à la Canelle, eft un
arbriffeau, dont les rameaux ont une
écorce, qui chez les anciens étoit très-
eftimée & de grand prix. Les Troglodytes traverfant le golfe fur des radeaux,
portoient à *Ocelis*, dont nous avons parlé
en Arabie, la récolte qu'ils faifoient du
Cinnamome, & on en trafiquoit auffi
dans un autre port nommé *Mofylon*,
au-delà du détroit.

Ce qui nous refte à parcourir ne fe
tire que de Ptolémée, & de l'auteur
d'une defcription des rivages de la Mer
Erythrée, fans qu'aucun autre monument de l'antiquité y contribue. Un
golfe nommé *Avalites* fuccède au Golfe
Arabique, & ce qu'on nomme aujour-
d'hui Zeïla répond à l'*Emporium* des
Avalites, auxquels une nation de Nubes
étoit affociée. Après divers ports, &
entre autres le *Mofylon*, que l'entrée
d'une rivière fous le nom de Soûl ou
de Soal, comme on le connoît actuel-

lement, paroît indiquer, vient le grand promontoire appelé *Aromata* dans Ptolémée, autrement *Aromatum* au génitif, ou des Aromates, le plus avancé vers l'orient qui foit en tout le continent de l'Afrique, & dont le nom actuel eft Guardafui. Un promontoire plus reculé vers le midi, & formant une cherfonèfe ou péninfule, comme en effet on a connoiffance du Cap d'Orfui, eft remarquable par le nom de *Zingis* dans Ptolémée. Car, on y reconnoît le nom de Zendge, que les Arabes ont étendu jufqu'à Sefareh, lui donnant le furnom d'el-Zendge, & qui eft Sofala, ce qui porte cette dénomination plus loin qu'il n'eft d'ufage dans la Géographie moderne d'employer le nom qui s'écrit Zanguebar. La terre qui borde ce rivage de la mer eft appelée *Barbaria*, & d'un autre nom qui eft *Azania*, lequel fe conferve en celui d'Ajan. Une pointe qui change la direction de la côte, & que les Portugais ont nommée das Baxas

ou des Baſſes, repréſente le promontoire appelé *Noti cornu*, ou pointe méridionale. Le *Magnum littus*, ou la grande
plage, peut ſe rapporter à Magadasho,
& quelqu'autre des anciens lieux ſur
cette côte convenir à Brava. La mer
faiſant reculer le rivage de l'Afrique
juſqu'au-delà du paſſage de la Ligne,
forme ce qui étoit appelé *Barbaricus
Sinus*.

Mais, une dernière ville à connoître
ſur cette côte eſt *Rapta*, avec la qua-
lification de *metropolis*. Elle tiroit ſon
nom des petits bâtimens qui cotoyent
ce rivage, & dont les pièces ne ſont
unies que par des coutures, la ſignification propre du même terme étant la
même dans la langue Arabe que dans
le Grec. Ptolémée, qui dans ſes pro-
légomènes, & par un cas particulier,
diſcute ce qu'il convient de donner d'eſ-
pace entre le Cap Aromata & Rapta,
fixant la différence de hauteur à treize
degrés, celle qui nous eſt actuellement

donnée du Cap Guardafui , veut que
Rapta prenne fa pofition vers le fecond
degré de latitude auftrale , & non au-
delà. Elle étoit fur un fleuve , qui du
nom de la ville eft appelé *Raptus*. Or,
à cette hauteur précifément on en connoît un , qui divifé en plufieurs bras
près de la mer , renferme plufieurs villes voifines les unes des autres , Paté ,
Siô , Ampaza , Lamo. On doit à l'auteur du Périple de la Mer Erythrée , cité
précédemment avec Ptolémée , une circonftance digne de remarque , qui eft
que tout ce pays par un droit fort ancien
eft dans la dépendance de l'Arabie , &
d'un de fes princes en particulier ; &
que les habitans de *Muza* , ville maritime de l'Arabie , dont il a été parlé en
fon lieu , tiennent en ce pays des Fac-
teurs pour y percevoir des droits. On
apprend par-là que l'établiffement des
Arabes fur cette côte , eft bien antérieur au Mahométifme , dont on pourroit croire que la propagation les y au-

roit conduits. On en tire même , pour
trouver la situation de l'*Ophir* , où les
flottes de Salomon alloient chercher de
l'or , un argument positif , qui avoit
échappé à ceux qui dans la recherche
de ce pays ont jetté les yeux sur la côte
orientale de l'Afrique. C'est sur quoi ,
comme sur un point qui tient à l'ancienne Géographie , qu'on peut consulter un mémoire du volume XXX de
l'Académie des Belles - lettres.

Dans l'intérieur des terres , le nom
d'*Agizymba* donné par Ptolémée à une
vaste étendue de pays , désigne dans la
langue Ethiopique d'Abissinie une contrée méridionale. Il paroît aussi avoir
quelque rapport à celui des Zimbas, qui
sont connus pour Anthropophages , sem-
blables par cet endroit à des Ethiopiens
que l'on trouve dans Ptolémée. Ce que
la Géographie a de plus reculé dans l'antiquité , est un promontoire nommé *Pra-
sum* , comme s'il eût été appelé Cap
Verd ; & la différence de huit degrés

dans la hauteur à l'égard de Rapta,
comme elle eſt donnée par Ptolémée,
nous arrête à une pointe, qui a pris des
navigateurs Portugais le nom de Cabo
Delgado, ou de Cap Délié, par environ dix degrés de latitude auſtrale. Un
point de latitude moins reculé dans Ptolémée, dans l'indication de l'iſle *Menu-*
thias, ne peut mieux convenir qu'à Zan-
zibar, la principale de trois iſles qui
ſont connues au - devant du continent.
Appliquer, comme on a fait dans des
Cartes, ce point unique à la grande iſle
de Madagaſcar, c'eſt paſſer les limites
de ce que Ptolémée donne de Géographie, nonobſtant le vice qu'on connoît
dominant de prendre plus d'étendue
qu'il ne convient aux eſpaces du local
correſpondant. La plus ancienne notion
qu'on ait de Madagaſcar eſt due à Marc-
Pol, & ne remonte qu'au treizième ſiècle. En terminant la deſcription de ce
que l'antiquité connoiſſoit en Aſie vers
l'orient, nous avons remarqué, que ſon

rivage le plus reculé est amené par Ptolémée vers le couchant, pour joindre celui de l'Afrique que nous venons de parcourir, ce qui borne dans Ptolémée une mer, dont le nom de *Prasodis*, comme qui diroit verdoyante, sembleroit dérivé de celui d'un promontoire reconnu ci - dessus. L'idée qui paroît dans quelques auteurs de l'antiquité d'une population d'*Antichthones*, ainsi appelés comme ayant les pieds opposés aux habitans de l'hémi-sphère boréal, en attribuant à cette population la zône tempérée méridionale, peut avoir donné à Ptolémée l'opinion d'une terre en cette zône. L'auteur du Périple de la Mer Erythrée paroît au contraire de Ptolémée, disposé à croire, qu'au-delà de ce qu'il décrit sur la côte Afriquaine, l'Océan s'enfonce vers le couchant, pour se joindre à la mer occidentale, mais c'est en convenant qu'on n'en a point de notion positive. Rien n'étoit si peu avéré chez les anciens, comme on en juge par Pto-

lémée, que le récit qu'on faifoit de quelques navigations, qui auroient tourné le
continent de l'Afrique par le midi.

I I I.

A F R I C A.

N U M I D I A.

M A U R E T A N I A.

Dans ce titre font raffemblées les différentes contrées d'un grand efpace de pays, qui depuis le terme donné à la Libye fur la grande Syrte, s'étend jufqu'à l'Océan Atlantique. Chez les anciens le nom de *Syrtis* étoit propre à deux golfes fur la côte d'Afrique, l'un *major*, l'autre *minor*, dans lefquels des bancs & des écueils, & une inégalité de mouvement qu'on croyoit voir dans la mer, rendoient la navigation périlleufe. Les marins ont corrompu ce nom, en appellant Golfe de Sidra ce qui répond

à la grande Syrte. Au fond de ce golfe,
Philænorum aræ, les autels des Philènes, monument confacré à la mémoire
de deux frères Carthaginois, qui s'é-
toient expofés à la mort pour étendre
jufque-là les dépendances de leur patrie,
étoient regardés comme le lieu de féparation, entre la Cyrénaïque & le pays
d'Afrique plus reculé vers le couchant.
Sous les Ptolémées, les limites de la
Cyrénaïque étoient pouffées plus loin
jufqu'à une tour nommée *Euphrantas*.
Dans cet intervalle, *Macomades Syrtis*
eft un lieu actuellement ruiné, appelé
Sort. Strabon parle d'un grand lac débou-
chant dans la Syrte, & ce lac forme une
Saline, dont l'entrée eft nommée la
Succa. Un promontoire, qui étoit appelé *Cephalæ*, ou les têtes, aujourd'hui
Canan ou Cap de Mefrata, termine la
Syrte. Plus loin eft le *Cinyphs*, tirant fa
fource d'une colline, à laquelle Héro-
dote donne le nom de *Charitum*, ou des
Graces, éloignée de la mer de 200 fta-

des ; & on a appris que ce petit fleuve
est appelé dans le pays Wadi-Quaham.
Il faut en s'éloignant de la côte à quelque distance, parler d'une ville, qui a
fait quelque bruit dans ces derniers
temps comme étant pétrifiée, sur ce
que des pâtres de la campagne à la vue
de quelques bas-reliefs sculptés dans
le marbre, étoient venus débiter qu'il
y avoit des hommes, des animaux,
des fruits de pierre. Le lieu s'appelant
Gherzé, se fait connoître dans Ptolémée par le nom de *Gerifa*.

Selon Ptolémée, le pays dont nous
avons entamé la description depuis les
autels des Philènes, est compris dans ce
qu'il appelle Afrique comme proprement dite. Mais, en cette partie on diftingue une province de l'Empire d'Occident, sous le nom de *Tripolis*, que
trois villes principales faisoient donner
à la contrée, comme dans la Cyrénaïque on a vu une Pentapole. La première,
& qui fut la plus confidérable, *Leptis*,

avec le surnom de *magna*, par distinction d'une autre située hors des limites
de la Tripolitane, devoit sa fondation
aux Phéniciens, & dans ce qui en reste
de vestiges on connoît son nom en celui
de Lebida. *Œa* est la seconde de ces
villes, & c'est elle qui a pris le nom de
Tripoli, en faisant déchoir les autres.
Sabrata, qui est la troisième, conserve
son nom dans un Géographe Arabe,
qui décrivant cette côte fait mention
d'une tour appelée Sabart. C'est le Tripoli vecchio des navigateurs de la Méditerranée. On peut dire que *Pisida*,
qui est plus loin, & son port, ont fait
par altération le nom actuel de Fissato.
Immédiatement en - deçà de la petite
Syrte, *Meninx*, autrement *Lotophagitis*,
& postérieurement *Girba*, est une isle
assez connue sous le nom de Zerbi, &
qui n'est séparée du continent que par
un canal assez étroit pour qu'on le traverse sur un pont. Une ville portant le
même nom de *Meninx*, pourroit avoir
été

été ce qu'on nomme actuellement Zadaïca. L'arbre appellé *Lotus*, recommendable par la nourriture & la boisson que fournit une espèce de gland qu'il produit, faisoit appeler Lotophages, non-seulement les habitans de cette isle, mais plusieurs autres peuples répandus entre l'une & l'autre Syrte.

Il est à propos de quitter le voisinage de la mer, pour ne point trop s'éloigner de ce qui y répond dans l'intérieur des terres. *Phazania* est une contrée, qui conserve son nom dans le Fezzañ, sur la route qui de Tripoli conduit en Nigritie. *Cydamus* est Ghedemés, où sont encore quelques restes d'antiquité, & des traces d'anciennes voies indiquent la communication qu'avoit cette ville avec des places maritimes. Les armes Romaines pénétrèrent fort avant en ces contrées, & jusque chez les Garamantes, sous le regne d'Auguste. Entre autres noms de villes qui parurent dans le triomphe de Balbus le jeune, celle dont le nom se

Tome III.   D

lit *Tabidium*, autrement *Thabudis* dans Ptolémée, se trouve être appelée Tibedou sur la route dont on vient de parler. Quelques autres connoissances, que l'auteur de cet ouvrage a tirées d'un Envoyé de Tripoli, lui ont indiqué en ce canton un torrent desséché, appelé Wad' el Mezzeran, ou Mezjerad (par équivoque de prononciation); & on le reconnoît dans Ptolémée sous le nom de *Bagradas*, mais en le confondant par un prolongement de cours qui n'existe point, avec le *Bagradas*, qui a son cours dans l'Afrique propre, & dont le nom selon la forme actuelle de Mejerda est bien le même que Mezjerad. La grande nation des *Garamantes* tiroit son nom de la ville de *Garama*, & on trouve Gherma dans la Géographie Arabe. Les noms de Mederam & de Tasava, que cette Géographie donne à des lieux de ce même canton, conviennent aux positions de *Bedirum* & de *Sabe* dans Ptolémée. On a aussi quelque notion de rivières en cette même contrée, comme en effet on y voit un fleuve *Cinyphus* dans Ptolémée, mais avec une méprise pareille à ce que nous venons de remarquer dans le *Bagradas*, en le mêlant avec le *Cinyphs* dont il a été parlé, & qui n'ayant de cours que ce qui nous est indiqué depuis sa source jusqu'à la mer, ne peut venir de si loin. L'estime que deux voyageurs Romains cités par Ptolémée, avoient faite de leur route en partant de la grande Leptis, décide de l'éloignement de Garama dans l'intérieur des terres.

Pour revenir au pays maritime, la petite Syrte s'appelle aujourd'hui le Golfe de Gabés, tirant ce nom de l'ancienne ville de *Tacape*, située au fond de ce golfe, & qui subsiste avec l'altération que l'on voit dans son nom. Celui d'el-Hamma dans un lieu des environs, & propre dans le langage du pays à désigner des eaux chaudes, indique les *Aquæ Tacapinæ*. Il en est de l'Afrique comme

de l'Europe & de l'Afie, qui eft d'avoir
un canton de pays diftingué par le nom
d'*Africa*, en l'appliquant à la partie de
ce continent la plus à portée de l'Italie
en général, & de la Sicile en particulier.
L'ancien peuple de ce pays étoit Numide,
vivant fans demeure fixe, ce qui peut
autorifer une équivoque que l'on trouve
entre le nom des Numides & celui de
Nomade, comme fi ces dénominations
étoient également empruntées de la lan-
güe Grèque. Une terre naturellement
très-fertile, étoit fans culture ; & en parlant d'après Strabon, ce peuple aban-
donnoit les campagnes aux bêtes féroces,
pour fe déchirer lui-même par des bri-
gandages. La domination que les Carthaginois vinrent établir dans le pays,
dût y apporter du changement à cet
égard ; & l'auteur qu'on vient de citer,
fait honneur à Maffiniffa, que fon attachement aux Romains dans la feconde
guerre Punique rendit très - puiffant,
d'avoir beaucoup contribué à civilifer

la nation Numide. Mais , la Numidie
ayant été diftinguée de l'Afrique , c'eft
de celle-ci féparément que nous allons
parler.

A F R I C A.

E L L E eft enveloppée de la mer dé
deux côtés ; au levant , depuis le fond
de la Syrte mineure jufqu'au promontoire *Hermæum*, ou de Mercure , appelé
aujourd'hui Cap Bon ; au nord , depuis
ce promontoire jufqu'aux limites de la
Numidie. On reconnoît fon nom dans
celui de Frikia , qui eft demeuré au canton principal du pays , que traverfe le
Bagradas pour fe rendre dans la mer ;
& on peut remarquer que le nom de
ce fleuve fouffre peu d'altération fous
la forme actuelle de Megerda. Il eft à
propos d'ajouter , qu'une ligne de féparation entre la province d'Afrique & la
Numidie , paroît donnée par celle qui
fépare également le royaume de Tunis
d'avec celui d'Alger. Le pays adjacent

D iij

à la Syrte étoit distingué par le nom de
Byzacium. On le nommoit aussi *Empo-*
riæ, & sa grande fertilité en grains pouvoit en effet le faire regarder comme un
dépôt de subsistance, qu'on abordoit par
mer. Il y avoit une ville du même nom
de *Byzacium* que le pays, & la Géographie Arabe en fait connoître la position
dans celle dont le nom se lit Beghni. En
parcourant les villes maritimes depuis le
rivage de la Syrte, la première qui se
présente dans l'ordre qu'on se propose
de suivre, *Macomades*, avec le surnom
de *minores*, par distinction du lieu de
même nom que nous avons vu dans le
fond de la grande Syrte, est ce qu'aujourd'hui on nomme el-Mahrés. *Thenæ*
conserve le nom de Taineh, & Sfakes
qui actuellement est l'échelle la plus fré-
quentée sur cette côte, paroît rempla-
cer *Taphrura*. Ce nom, qui semble un
dérivé du terme Grec *Taphros* désignant
un fossé, auroit ainsi du rapport à celui
que le second des Scipions fit tirer selon

Pline, pour fixer les limites du pays concédé aux rois de Numidie, jusqu'à *Thenæ*, dont on remarquera que la pofition eft immédiatement voifine de *Taphrura*. Peu au - delà, *Cercina*, qu'un canal étroit fépare d'une ifle plus petite, regarde le continent, & fon nom fubfifte en celui de Kerkeni. Quoiqu'il ne foit mention de *Caputuada* que du regne de Juftinien, il n'y a point d'inconvénient à dire que la pointe appelée Capoudia nous l'indique. A quelque diftance de la mer, un lieu nommé el-Jem, dans lequel, entre autres veftiges d'antiquité, on voit un amphithéâtre, répond à la pofition de *Tyfdrus*. Une péninfule, fur laquelle un prince qui fe difoit iffu de Mahomet par Fatime, conftruifit dans le dixième fiècle une place fous le nom de Mahdia, & que les Francs nomment Africa, paroît avoir été l'emplacement de *Turris Hannibalis*, d'où ce fameux Carthaginois, toujours redouté des Romains, partit en quittant l'Afri-

D iv

que pour fe retirer en Afie. Dans cette
partie de l'Afrique conquife par les Arabes dès le premier fiècle du Mahométifme, la pofition de Kairwan, écartée
de la mer, & qu'Ocba, qui fit cette
conquête, choifit pour fervir de réfidence aux Gouverneurs du pays fous
l'autorité des Khalifes, eft prife par con-
jecture pour le *Vicus Augufti* de l'antiquité.

Nous continuerons de fuivre la côte;
& *Tapfus*, qu'une grande victoire rem-
portée par Céfar rend mémorable, laiffe
entrevoir fon nom dans celui d'un lieu
appelé Demfas. Il en eft de même du
nom de Lemta à l'égard de *Leptis*, qui
nonobftant la diftinction de *minor* par
rapport à celle de la Tripolitane, n'é-
toit pas de peu de confidération. *Hadru-
mentum*, dont le nom eft auffi écrit fans
afpiration, paroît au premier rang entre les villes de la Byzacène. On ignore
fon état actuel : mais un lieu voifin,
dont il eft mention poftérieurement fous

le nom de *Cabar Sufis*, eft exiftant avec le nom de Sufa. On reconnoît bien celui d'*Horrea Cœlia* dans la dénomination vulgaire d'Erklia. Delà en avant, le pays voifin de la mer prend le nom de *Zeugitana*, fans qu'on fçache que fous ce nom il eut affez d'étendue dans les terres, pour répondre à cet égard comme dans la partie maritime, au département qui depuis a été appelé *Proconfularis*. Dans ce paffage à une autre province, où le rivage du continent paroît reculé par la mer, on remarque à quelque diftance de ce rivage un lieu qui fous le nom de *Graffe* (ou Jerads comme on le retrouve) étoit un palais accompagné de jardins délicieux du temps des rois Vandales. On fçait qu'obligés de céder l'Efpagne entière aux Vifigoths, les Vandales envahirent l'Afrique, qu'ils pofféderent pendant près d'un fiècle, jufqu'au regne de Juftinien, qui en fit la conquête. Sur la côte, Hammamet indique par ce nom les *Aquæ*

Calidæ de ce canton. On connoît une *Neapolis* dans Nabel, *Curubis* dans Gurbés, *Clypea* dans Aklibia, dont la poſition eſt ſuivie immédiatement de l'*Hermæum promontorium*, qu'on a eu occaſion de citer précédemment.

Dans le fond du golfe que ce promontoire borne d'un côté, une lagune dont l'entrée fort étroite eſt appelée la Goulette, pénètre juſqu'à *Tunes*, ou *Tunetum*, qui depuis la ruine entière de Carthage eſt devenue la ville dominante. Une pointe, qui en s'éloignant de la Goulette ſe courbe en forme de demi-lune, & appelée Cap de Carthage, eſt celle d'une péninſule, qui faiſoit autrefois l'emplacement de cette fameuſe ville, mais qui n'eſt plus actuellement qu'une terre preſqu'iſolée, parce que la mer retirée de l'ancien rivage, a laiſſé à découvert une grande plage, entre la pointe dont on vient de parler & ce qu'on nomme Porto Farina, près d'un promontoire qui ferme le côté du golfe

opposé au précédent. Un isthme de 25
stades ou de trois milles en largeur, qui
joignoit la péninsule au continent, ne
se distingue plus de ce continent, & ce
que sur le lieu on appelle encore el-
Marza, c'est-à-dire le port, est éloigné
du rivage actuel. Le circuit de 360 stades
donné à cette péninsule, paroîtroit convenir en mesure de stade la plus courte,
à vingt-quatre milles qui sont donnés
d'ailleurs à une vaste enceinte, qui en-
fermoit la ville & ses ports. Elle avoit
une citadelle sur une éminence, & nommée *Byrsa*; un port intérieur, & creusé
de main d'homme, comme son nom de
Cothon est propre à le désigner. Fondée
par les Tyriens, le nom de *Carthada*
qu'ils lui donnerent, signifioit en Phé-
nicien ville nouvelle. Ce nom dans les
écrivains Grecs n'est pas comme dans les
Latins *Carthago*, mais *Carchedon*. Dé-
truite par Scipion le jeune 146 ans avant
l'ère Chrétienne, le rétablissement de
cette ville projetté par César, fut exé-

cuté par Augufte ; & Strabon écrivant au plus tard fous Tibère , parle dès-lors de Carthage comme d'une des plus florif-tantes villes de l'Afrique. Sa deftruction par les Arabes fous le khalifat d'Abd-el - Melik , eft de la fin du feptième fiècle. Entre quelques veftiges on diftin-gue des citernes, & dans la campagne des reftes d'un aquéduc , tiré d'un lieu éloigné vers le midi, nommé Zowan.

En tendant vers Utique , on rencontre le *Bagradas*, dont l'embouchure étoit au-trefois plus voifine de Carthage qu'ac-tuellement. Car, ayant changé de cours pour paffer fous l'ancienne pofition d'U-tique , il en étoit auparavant féparé par l'affiette d'un camp , que l'avantage de fa fituation avoit fait choifir par le pre-mier Scipion , & qui du nom de famille de ce grand Capitaine, eft cité en plus d'un endroit dans l'hiftoire comme étant appelé *Caftra Cornelia*. *Utica* , dont le nom dans les écrivains Grecs fe lit *Ithyca*, colonie Tyrienne de même que

Carthage, & même antérieure de fondation, fut la ville principale de cette contrée dans le temps qui s'écoula entre la destruction de Carthage & son rétablissement, que la mort de Caton précéda. Il est mention du lieu qui la remplace sous le nom de Satcor, dans l'histoire de la conquête du pays par les Arabes. Le Mesjerda s'est jetté dans une flaque d'eau, qui séparoit autrefois le camp de Scipion d'avec Utique, & continue son cours jusqu'à Porto Farina, qui est couvert d'une pointe, nommée autrefois *Apollinis promontorium*, aujourd'hui Ras Zebib. Sur la côte qui regarde ensuite le nord, *Hippo Zarytos* tiroit le surnom distinctif d'avec l'*Hippo Regius*, de sa situation sur des canaux ou coupures, qui donnent à la mer l'entrée dans un étang navigable, dont cette ville est voisine comme de la mer. L'altération de son nom en celui de Ben-zert, comme on le trouve dans la Géographie Arabe, conserve un rapport avec l'ancienne dénomination, que l'usage des gens de mer de dire Biserte fait disparoître. La dernière place à citer sur cette côte est *Tabraca*, dont la petite isle de Tabarca conserve le nom. On ne connoît point d'autre fleuve qui puisse être le *Rubricatus* de Ptolémée, que celui qui tombe dans la mer vis-à-vis de cette isle. Il sera en même-temps le *Tusca*, qui selon Pline borne l'Afrique du côté de la Numidie. C'est ce qu'on nomme actuellement Wad-el-Berber. En montant dans le pays, on reconnoît dans le nom de Vegja une ville considérable, nommée *Vacca* dans Saluste, & ailleurs *Vaga*.

Après avoir ainsi parcouru la partie maritime, il faut pénétrer dans ce qui est intérieur. En remontant le *Bagradas*, on retrouve *Tuburbo* dans le même nom, & *Tucaborum* dans Tucaber. Une autre ville de *Tuburbo*, distinguée par le surnom de *majus*, & dont la position s'écarte fort de la précédente au midi de

Tunis, paroît actuellement appelée Tu-
bernok. Dans le nom de Wad-el-Bul,
que porte une rivière que reçoit le Bagradas, celui de *Bulla*, furnommée *regia*,
eft évident. Ce n'eft que par le voifinage de *Tagafte*, ville de Numidie, &
patrie de faint Auguftin, qu'on juge de
la pofition de *Madaurus*, patrie d'Apu-
lée. Ce qu'on nomme aujourd'hui Urbs,
où font des reftes d'antiquité, autrement
Kef, quoiqu'un voyageur Anglois, (*)
auquel on doit beaucoup fur ce pays,
en faffe la diftinction comme de deux
pofitions différentes, eft *Sicca Venerea*.
On retrouve le nom de *Tucca*, avec
d'anciens veftiges, dans le lieu nommé
Tugga, mais qui ne pourroit être le
même pour *Tucca Terebinthina*, felon
l'Itinéraire Romain. Il faut dire ici,
que les pofitions données par Ptolémée
paroiffent dans un fi grand défordre,
qu'on n'a d'autre reffource pour leur
affigner des places plus convenables,

(*) Le Docteur Shaw.

que de fuivre la trace des voies Romaines, dont cette contrée Afriquaine eft plus remplie qu'aucune autre dans les anciens Itinéraires, ce qui néanmoins n'eft pas fans difficulté, comme celui qui écrit ceci l'a éprouvé en plufieurs tentatives. La pofition de *Zama*, lieu mémorable par la victoire de Scipion fur Annibal, eft donnée pour immédiate à un autre lieu donné fur une de ces voies, nonobftant qu'on crut pouvoir former quelque doute par d'autres circonftances fur cette pofition. On eft étonné de voir, que celle de *Mufti*, qui en dépendant de moyens femblables fe place au centre de la province d'Afrique, foit un fiége de la Numidie dans des Notices Eccléfiaftiques, plutôt que de la Proconfulaire. *Ammedera* pourroit être aujourd'hui Hedra. *Sufetula*, ville confidérable, à en juger par le concours de plufieurs voies, fe retrouve dans le nom de Sbaitla. Il eft parlé de *Septimunicia* comme étant au pied d'une grande montagne nommée *Burgaon*, qui paroît une suite de l'*Ufaletus*, auquel se conserve le nom d'Ufelet.

Ce qui nous reste à parcourir dans la province d'Afrique, en ce qui faisoit partie de la Byzacène, s'éloigne davantage vers le midi ; & pour s'y porter il faut même traverser des lieux arides & déserts, comme l'histoire le témoigne, en parlant d'une marche forcée de Marius, pour surprendre *Capsa*, grande ville, que par la difficulté d'y arriver Jugurtha croyoit propre à servir de dépôt à un trésor mis en réserve. On en connoît la position, & son nom se prononce Cafsa. Il est parlé de même de *Thala*, avec des circonstances qui paroîtroient convenir à la position que prend *Telepte* à l'égard de la précédente, d'après l'Itinéraire Romain. On est redevable au voyageur Anglois cité précédemment, de connoître une lagune, divisée en deux par un gué, & qui représente sous des noms Afriquains de

Farooun & d'el Loudeah , les *Palus* ap-
pellés *Tritonis* & *Libya* dans l'antiquité ,
& dont le premier faifoit donner le nom
Tritonia à Minerve , qu'on prétendoit
s'être montrée pour la première fois en
ces lieux. Ce que l'on connoît exifter
fous les noms de Tofer & de Nefta fur
cette lagune , nous indique les pofitions
de *Tifurus* & de *Nepte*. Un pofte militaire fur cette frontière , appelé *Turris
Tamalleni* , fe retrouve encore dans le
nom de Tamelem ; & la contrée eft ce
qu'on appelle actuellement Beled - ul-
Gérid , ou pays des Sauterelles.

N U M I D I A.

Ce nom s'étendoit primitivement à
tout ce qui eft compris entre l'Afrique
proprement dite , & les limites qui bor-
noient d'ancienneté la Mauritanie à un
fleuve nommé *Molochath* ou *Malva*, aujourd'hui Mulvia , dont l'embouchure
dans la mer eft par le travers du Cap

de Gata fur la côte méridionale de l'Efpagne. A cet efpace répond actuellement le royaume d'Alger. Deux peuples
partageoient cette grande contrée, *Maf-
fyli* du côté de l'Afrique, *Maffæfili* vers
la Mauritanie ; & un promontoire fort
avancé en mer, nommé *Tretum*, aujour-
d'hui Sebda-ruz par les gens du pays,
ou les fept Caps, par les marins Buga-
ronie, faifoit un point de féparation
entre ces peuples. Ils obéiffoient à deux
princes célèbres dans l'hiftoire, les premiers à Mafiniffa, les autres à Syphax.
L'attachement de Mafiniffa aux Romains
mérita de leur part, non - feulement
qu'il fût rétabli dans fon royaume, dont
il avoit été dépouillé par Syphax, mais
encore d'être mis en poffeffion du royaume de celui-ci, ce qui réunit la nation
Numide fous la puiffance d'un feul &
même prince. Cet état étoit le même
fous Jugurtha, & même encore fous
Juba, vaincu par Céfar, qui réduifit la
Numidie en province. Mais, Augufte

ayant gratifié Juba, fils de Juba, d'une
partie du royaume de son pere, cette
province de Numidie perdit de son
étendue ; & du côté de ce qui avoit pris
le nom de Mauritanie par extenfion de
ce nom au-delà de fes anciennes limites, la Numidie paroît finalement bor-
née au fleuve *Ampfagas*, qui fe rend dans
la mer fur le côté du promontoire *Tre-*
tum, & qu'on nomme aujourd'hui Wad-
il-kibir, ou le grand fleuve.

Le premier lieu remarquable fur la
côte eft *Hippo Regius*, fiége épifcopal
de faint Auguftin, & près de fon ancien
emplacement on connoît une ville nommée Bona. Le mont *Pappua*, où Géli-
mer, dernier roi des Vandales d'Afrique, & vaincu par Bélifaire, chercha
une retraite, & nommé aujourd'hui
Edoug, s'éleve dans les environs. Au
fond d'un golfe qui fuccède, & qui étoit
appelé *Sinus Numidicus*, aujourd'hui
Golfe de Stora, *Ruficade*, ville confidérable, conferve un refte de fon nom

dans celui de Sgigada. *Cullu* fous le promontoire *Tretum*, n'a point changé de nom, & nous fommes bornés par l'*Ampfagas*. En s'éloignant de la mer d'environ 50 milles, on trouve *Cirta*, réfidence des rois de Numidie, & qui du nom d'un partifan nommé Sittius, duquel Céfar tira de grands fervices dans la guerre d'Afrique, eft appelée *Sittianorum Colonia*. Mais, ayant été nommée poftérieurement *Conftantina*, c'eft fous ce nom qu'elle fubfifte, & qu'elle eft la principale en cette contrée. Une rivière qui tombe dans le Wad-il-kibir l'enveloppe prefque entièrement. La trace de plufieurs voies Romaines qui en fortoient fe fait encore diftinguer dans les environs. On reconnoît *Milevis*, qui en étoit peu éloignée, dans le nom actuel de Mila; & de même *Sigus* dans Siguenie. *Tipafa* en tirant vers Hippone, aujourd'hui Tifas, avoit dans fon voifinage des eaux minérales, que le nom de Hammam fur le lieu fait connoître.

Des positions adjacentes à la frontière
de l'Afrique, *Tagaste* est Tajelt, &
Tebeste est Tebess. D'autres lieux, qu'en
s'écartant de Constantine vers le midi,
on trouve appelés Lambese & Lamasbe,
donnent évidemment les positions de
Lambœsa & de *Lamasba*. Il en est de
même de *Bagaï*, sur le flanc du Gébel
Auras. L'*Aurasius mons* occupe un grand
espace, & paroissant de difficile accès
dans son abord, il renferme des terres
unies & cultivées. Cette frontière donne
entrée dans une vaste contrée, que distingue le nom de *Gætulia*, & qui borde
également vers le midi la Mauritanie,
qui doit succéder à la Numidie. Un
fleuve nommé Zab, communique son
nom au pays qu'il traverse, & il est
mention de *Zaba* dans les temps qui
suivent immédiatement ceux que l'antiquité renferme plus étroitement. Le
Sabus de Ptolémée dans la Mauritanie
de Céfarée, où ce fleuve n'existe point,
doit être rapporté à celui-ci, & l'affinité

dans la dénomination le montre affez.
Si Ptolémée conduit le fleuve de ce nom
dans la mer, il faut fe rappeller, qu'il
y conduit également un *Bagradas*, &
un *Cyniphs*, qui toutefois périffent dans
l'intérieur des terres, comme il en eft
du Zab dont il s'agit. Une ville princi-
···'· en ce canton de Zab, & dont le
nom eft Pefcara, nous fait connoître
Vefcerita ou *Vefcether*, & terminera cet
article concernant la Numidie.

MAURETANIA.

C'est ainfi que ce nom paroît devoir
s'écrire, d'après le plus grand nombre
de monumens de l'antiquité, foit mé-
dailles, foit infcriptions, plutôt que
Mauritania, ce qui n'empêche pas qu'en
écrivant en François l'ufage de dire Mauritanie ne doive prévaloir. Il faut ajouter, que le nom national eft *Maurafii*,
felon les écrivains Grecs. Le pays fur
lequel régnoit Bocchus, qui livra Jugur-

tha aux Romains, étoit limité, comme
on l'a dit en parlant de l'état primitif
de la Numidie, par le fleuve *Molochath*,
dont le nom étant autrement *Malva*,
donne lieu à quelques auteurs moder-
nes de diftinguer deux fleuves pour un
feul, étant induits en erreur fur ce point
par Ptolémée. On n'eft pas informé précifément de ce qui donna lieu à l'agran-
diffement de la Mauritanie, en prenant
fur la Numidie. Ce dont on eft inftruit,
c'eft que Juba, qui par le bienfait d'Augufte regnant en Afrique, conftruifit une
ville de Céfarée, qui fit donner le nom
de *Cæfarienfis* à ce que la Mauritanie
prit fur l'ancienne Numidie, avoit été
mis en poffeffion des états de deux princes Maures, Bogud & Bocchus. Or, fi
on eftime que la Mauritanie fut une première conceffion, antérieure à l'agran-
diffement fait au royaume de Juba dans
ce qui avoit été du domaine de Juba
fon pere ; on trouvera dans ces circonftances ce qui peut avoir donné lieu à
l'extenfion

l'extension du nom de Mauritanie. Ce royaume fut réduit en province fous Claude, & forma deux provinces particulières, *Cæfarienfis* dans ce qui avoit été Numidie, & *Tingitana* répondant à l'ancienne Mauritanie, & reculée jufqu'à l'Océan.

Pour entrer dans un détail de pofitions, en parcourant d'abord le rivage de la mer, à partir de l'embouchure du fleuve *Ampfagas, Igilgilis* conferve le nom de Jigel ou Jijeli, qui dans la bouche des gens de mer eft Gigeri, de même que quand on parle de la prife de cette place par les François en 1664. Le fleuve *Audus* eft celui que la mer reçoit près de Bujeiah. La tranfpofition de quelques lettres n'empêche pas de reconnoître dans Tedlés l'ancien nom de *Saldæ*. Difons en paffant, que *Tubufuptus* à l'écart dans les terres, conviendroit à une place appelée Burg dans le canton de Kuko, qui eft couvert d'une grande montagne efcarpée, que l'on

Tome III. E

trouve nommée *Ferratus mons*, aujourd'hui Jurjura. Plus loin, une rivière dont le nom eſt Ser, ou Iſſer avec l'article, ſe rapporte au fleuve *Serbetes*. On remarquera en pluſieurs noms, une partie initiale qui leur eſt commune, comme dans *Ruſazus*, *Ruſipiſir*, *Ruſucurru*, & autres. Elle paroît déſigner en langue Punique une pointe de terre, un Cap, de même que Ras le ſignifie en Arabe. Dans cette ſuite de lieux il ne ſera point mention d'Alger, en regardant cette ville comme poſtérieure aux ſiècles de l'antiquité, & qui a pu tirer ſon nom purement Arabe d'al-Gezaïr, d'une petite iſle qui couvre ſon port, & qu'on a jointe au continent par un môle. Dans le nom de *Ruſu-curru*, la partie qui lui eſt propre & diſtinctive de pluſieurs autres noms, ſe conſerve dans celui de Hur, qu'indique ſur cette plage un Géographe Arabe. Les veſtiges d'antiquité qui ſont à Serſel paroîtroient y placer la Céſarée de Mauritanie. Mais, l'Itinéraire Romain la voudroit plus reculée, & en même-temps s'approcher davantage d'une position ultérieure, qui est *Cartenna*, bien connue actuellement par le nom de Tenez. *Icosium* prend en conséquence le lieu qu'occupe Serfel, & un port dont il est mention dans la Géographie Arabe sous le nom de Vacur, auroit été celui de *Cæsarea*, qui avant que d'être embellie, & de prendre le rang de capitale sous le roi Juba, se nommoit *Iol*. Cette ville avoit été fort maltraitée par des Barbares révoltés, lorsque le comte Théodose, pere de l'empereur de ce nom, fut chargé du commandement en Afrique.

Il faut dire en général que toute cette côte fut bordée de colonies Romaines, dont le détail excéderoit ce qu'on peut admettre dans un abrégé. A la suite de *Cartenna*, qui succède à Césarée, est l'embouchure du fleuve *Chinalaph*, le plus considérable de cette contrée, & dont le nom actuel de Shellif n'est pas

E ij

fans quelque rapport au précédent. Nous
citerons *Muruftaga*, parce qu'on en
retrouve le nom dans Muftuganim. On
croiroit pouvoir appliquer *Arfenaria* à
Arzeû, fi par l'ordre des lieux le *Portus
Magnus* ne prenoit la place d'Arzeû. Pour
ce qui eft de *Portus Divini*, ne doutons
point que ces ports ne foient Oran, &
Marz-al-Kibir qui en eft voifin, & dont
le nom fignifie grand port. Le *Metago-
nium promontorium*, que Strabon dit être
par le travers de la nouvelle Carthage,
convient très-exactement par cet endroit
à une pointe de terre, qui ferme au couchant un golfe profond, nommé Hars-
gone, ce qui répond bien à l'expreffion
grecque employée dans l'ancienne dénomination, *Meta - gonium*. Si le même
nom fe rencontre dans quelques autres
auteurs, ce n'eft pas avec la même évidence relativement au local. La dernière
place de l'ancienne Numidie, comme
de la Mauritanie de Céfarée, étoit *Siga*,
à quelque diftance de la mer, réfidence

de Syphax , avant que l'invasion du royaume de Masinissa l'eût mis en possession de Cirta. Le lieu auquel on donne le nom remarquable de Ned-Roma en tient la place , & conserve des vestiges d'antiquité. Enfin nous atteignons le bord du *Molochath* , dont le nom se lit aussi *Mulucha* , & près duquel une ancienne forteresse , appelée *Calaa* , & qui fait le terme d'une voie Romaine , conserve le même nom , Calaat-el-Wad , ce qui signifie château de la rivière.

Mais , avant que d'entrer dans la Tingitane , il faut jetter les yeux sur l'intérieur de la province de Césarée. *Sitifi* s'y distingue plus que toute autre ville , ayant même été élevée au rang de métropole dans une Mauritanie particulière , formée postérieurement sous le nom de *Sitifensis* , dont le district étoit adjacent à la Numidie. Cette ville existe, & conserve le nom de Setif. En traversant des montagnes vers le midi , un pays de plaine contigu au Zab , contient un grand marais salé, appelé el-Shot, auquel on trouve le nom de *Salinæ Nubonenses*. On reconnoît *Tubuna* dans Tubnah, *Defena* dans Deufen, reculé dans le Zab. Un château nommé *Auzea*, dans Tacite & dans l'Itinéraire romain, pourroit prendre la place d'une forteresse, que désigne sur les lieux le nom de Burg, selon l'emploi de ce terme en Barbarie comme en d'autres endroits du Levant. Le nom de *Castrum Audiense* dans la Notice de l'Empire, paroît conduire vers le haut du fleuve *Audus*. *Malliana* garde son nom dans Meliana. *Succubar* étoit située sur la pente d'une montagne, dont le nom actuel est Zuckar. On retrouve le *Fundus Mazucanus* dans Mazuna : & selon ce qu'on recueille du récit d'un historien (*), le comte Théodose partant de *Tigavas* en ce même canton, traverse l'*Ancorarius mons*, pour attaquer les *Mazices*. Cette montagne répond ainsi à celle de Waneseris ; &

_____

(*) Ammien-Marcellin.

le Général romain pouffant fon expédition jufqu'au *Medianum caftellum*, pour s'y arrêter, une pofition donnée fous le nom qui fe lit Midroe, paroîtroit y convenir. La nation qu'on vient de nommer étoit puiffante, & on trouve auffi des *Mazices* en Libye, & aux environs des Oafes. *Mina* conferve purement fon nom; on reconnoît *Gadaum caftra* dans Tagadeont. La pofition de *Regiæ*, défignant une demeure royale, eft remarquable en ce que la direction d'une voie romaine lui fait prendre l'emplacement de Tlemfen, où des princes Arabes de la maifon de Beni-Merin établirent leur réfidence. Cette contrée étoit devenue Gétulie, par la foibleffe où étoit tombée la nation Numide des Mafféfyles, & les Gétules peuploient toute cette lifière jufque vers les Syrtes. Il faut lire Procope (*), pour avoir quelque idée de la vie dure & groffière de ce peuple. C'eft ce qu'on nomme proprement les

(*) Guerre des Vandales.

E iv

Bereberes, qui donnent le nom à la Barbarie, avec quelque diftinction d'avec les Arabes, que les progrès du Mahometifme & de la domination des Khalifes ont répandus dans ces contrées occidentales de l'Afrique.

Paffons à la Tingitane. Ce qui avoit été Mauritanie, proprement dite, fut appelé *Tingitana*, du nom de là ville principale en cette province particulière, & de même manière dont une autre Mauritanie étoit diftinguée. Elle rempliffoit l'intervalle du fleuve *Molochath* à l'Océan Atlantique. Dans le tems de la divifion de l'Empire Romain en deux Empires, on voit la Tingitane rangée entre les provinces de l'Efpagne, féparément des autres provinces d'Afrique, comprifes dans le *Diœcefe*, ou le grand département de l'Italie ; & cette province eft quélquefois appelée *Hifpania transfretana*, l'Efpagne au-delà du *Fretum* ou du détroit. Cette union fembloit être déterminée par la proximité ;

& l'expulsion des Vandales du continent de l'Espagne, mit les Goths en possession de la Tingitane, dont le commandant sous le dernier des rois Visigoths introduisit, comme on sçait, les Maures en Espagne, au commencement du huitième siècle. La situation de cette extrémité de l'Afrique vers le couchant, lui fait donner par les Arabes le nom de Garb, désignant cette plage de l'occident, & la Tingitane répond à-peu-près au royaume de Fez.

Nous n'aurons guère que des positions maritimes à reconnoître. *Rusadir* est la première qui se présente, suivie d'un promontoire de même nom, comme le Cap appelé Tres-forcas suit de près l'emplacement de Melilla. *Parietina* peut s'appliquer à un lieu remarquable tel que Velez de Gomera. *Tænia longa*, qui par son nom désigne une langue de terre étroite, est Targa. La position d'*Iagath* dans Ptolémée conviendroit à Tetewen, ou Tetuan comme on dit communément.

E v

On convient que le mont *Abyla*, l'une des colomnes d'Hercule, en oppofition fur la côte Afriquaine au *Calpe*, qui tient à l'Europe, répond à une pointe en faillie dans la mer, qui s'éleve en hauteur & forme un pénimule, dont une place, qui eft Ceuta, ferme l'entrée. Il eft mention de cette place fous le nom de *Septum* ou *Septa*, mais non pas avant le fixième fiècle & le regne de Juftinien. Des monts appelés *Septem fratres*, dont il eft parlé beaucoup plutôt en plufieurs auteurs, doivent en être diftingués, quoique voifins, parce qu'en fuivant un ordre contraire à celui qu'on tient ici, ils précédent Abyla dans Ptolémée comme dans l'Itinéraire romain, & ainfi ce que les Arabes ont appelé Gebel Moufa peut répondre aux fept freres. Le nom de *Tingis* fubfifte en celui de Tinja, altéré par l'ufage qu'on en fait en difant Tanger; & l'emplacement de cette ville fur la gauche de l'anfe que forme la mer, n'eft pas le même que l'ancien plus enfoncé fur la droite. Au-delà eſt la pointe du continent de l'Afrique, qui fépare le Détroit d'avec le rivage du grand Océan Atlantique ; & on pourroit croire que le nom de Spartel que lui donnent les navigateurs, dériveroit étant prononcé à l'Italienne, de ce partage fait entre deux mers. Le nom d'*Ampeluſia* qu'il portoit chez les Grecs comme ayant des vignobles, étoit le même pour la ſignification que celui de *Cotes* en langue Punique ou Phénicienne, & ce canton de l'Afrique eſt recommandable par la beauté des raiſins qu'il produit.

Sur le rivage de l'Océan, *Zilis* conſerve ſon nom dans celui d'Azzília, précédé de l'article dans la langue Arabe. *Lixns* ou *Linx*, dont la tradition faiſoit la demeure d'Antée combattu par Hercule, eſt l'Araïs, que l'uſage vulgaire eſt d'appeler Larache ; & le fleuve qui portoit le nom de *Lixus*, le conſerve dans celui de Lucos. Quoique dans Ptolémée la poſition de *Banaſa* paroiſſe

E vj

reculée dans les terres, on peut eftimer qu'elle étoit voifine de la mer, fur le paffage d'une voie Romaine que donne l'Itinéraire depuis Sala jufqu'à Tingis, & ce que les marins appelent vieille Mamorc pourroit en indiquer la place. Le plus grand fleuve du pays, *Subur*, qui s'y rendoit, paroît avoir changé d'embouchure en fe rendant à Mahmora, & il garde fon nom qui s'écrit Subu. *Sala*, aujourd'hui fur le bord de la mer, en deux quartiers différens, divifés entr'eux par la rivière de même nom, en étoit autrefois à quelque diftance, & un troifième quartier appelé Rabat, comme qui diroit la ville, eft féparé de la mer par ce qu'on nomme le nouveau Salé. C'eft la derniere place Romaine de cette partie maritime ; & une pofition ultérieure à peu de diftance, fous le nom d'*Exploratio ad Mercurium*, défigne formellement une garde avancée, pour veiller fur cette frontière, & confacrée à la divinité ayant le département des grands

chemins. Dans les terres, à partir de
Lixus, on eſt tenté de rapporter la poſition de *Babba*, qui étoit ſurnommée
Julia campeſtris, à un lieu que des plans
d'orangers font appeler Naranja. Mais,
on croit bien connoître *Volubilis* dans le
lieu nommé Gualili, qui conſerve des
veſtiges d'antiquité. Meknez, la demeure
ordinaire des Shérifs de Maroc, eſt la
ville la plus voiſine. Fez plus avant dans
le pays, doit ſa fondation à des princes
Arabes, & la réſidence des Fatimides de
la maiſon d'Edris en fit une ville conſidérable. Les armes Romaines pénétrèrent plus loin dans la guerre faite en
Mauritanie ſous le regne de Claude, &
Suetonius Paulinus paſſa le mont *Atlas*,
& trouva un fleuve nommé *Ger*, ce qui
détermine ce paſſage à une des croupes
principales de cette montagne, & appelée Ziz. Deux places qui ſont immédiatement au-delà, dont l'une ſe nomme
Gher-Silbin, l'autre Helel, conſervent
avec évidence les noms anciens de *Cil-*

Iaba & de *Alele*. Elles n'appartiendroient point à la Phazanie , fort éloignée de cette contrée, quoique Pline les y tranfporte ; & par la fituation de ces places , leur conquête regarderoit particuliérement le Général qu'on vient de nommer , plutôt que Balbus , dont nous avons parlé en traitant des Garamantes.

I V.

LIBYA (vel AFRICA) INTERIOR.

CE qui refte à faire connoître dans l'intérieur de l'Afrique peut être annoncé fous ce titre, que l'on trouve employé dans Ptolémée. A la Gétulie immédiatement limitrophe de la Numidie & des Mauritanies, fuccède un vafte efpace dénué de circonftances locales particulières, & infcrit fur la carte *Deferta Libyæ interioris*. C'eft le grand Défert, que les Arabes qui le partagent en plufieurs cantons, défignent par le nom de Sahra. Des Gétules noirs, *Melano Gætuli*, l'occupent dans l'antiquité, & confinent à ce qu'on nomme la Nigritie, qui tire moins ce nom de la race Négre en général, que du fleuve qui traverfe cette partie de l'Afrique. Les anciens connoiffent ce fleuve fous le nom de *Nigir* ;

& contre l'opinion qu'on avoit communément, fon cours dirigé d'occident en orient paroiffoit indiqué de cette manière dans Hérodote, où on lit que des Nafamones envoyés par un roi des Ammoniens à la découverte des fources du Nil, avoient trouvé fur leur route entre le couchant & le midi, un grand fleuve courant ainfi vers l'orient. Mais, il en eft de ce fleuve comme de celui dont nous avons parlé ailleurs fous le nom de *Gir*, qui eft de périr dans les terres, affoibli par de fréquentes dérivations. La Géographie Arabe indique des lacs, appelés mers douces, où l'on peut préfumer que le Niger répand ce qui refte de fes eaux vers fon extrémité orientale. Pour ce qui eft d'une ville principale dans Ptolémée fous le nom de *Nigira*, celle où réfidèrent des Fatimides, qui dès les premiers fiècles du Mahométifme formèrent un royaume dans cet intérieur de l'Afrique, & dont le nom eft Ghana, doit être préféréé à Tombut ou Tombouctou, dont il est vrai que de nos jours on parle davantage, mais dont la fondation par un prince sorti de Barbarie est postérieure, & ne remonte qu'au commencement du treizième siècle. Le nom du fleuve fait donner au peuple qui habite sur ses bords le nom de *Nigritæ*, de même que le pays est appelé Nigritie.

Dans la partie moins reculée, & maritime, il est parlé des *Autololes* comme d'une grande nation, dont la frontière Romaine de la Tingitanie pouvoit même être inquiétée. Des Gétules distingués par le nom de *Daræ*, ont laissé leur nom au Darah, séparé de Maroc par une branche du mont Atlas. A l'égard des *Pharusii* & des *Perorsi*, on n'en peut citer que le nom, & il y a même de la diversité dans ce qui concerne leur emplacement. Sur le rivage de l'Océan, Ptolémée présente à la suite de Sala un assez grand détail, qu'il est difficile, comme assez peu intéressant, de rap-

porter au local. Ce qu'il indique fucceffivement fous le nom d'*Atlas minor*,
& d'*Atlas major*, paroît devoir s'appliquer à des promontoires ; & le premier
ne peut convenir qu'au Cap Cantin, à
la hauteur duquel (à peu de chofe près)
il le fixe ; ce qu'il eft d'autant plus à
propos d'obferver, que fur la latitude
du *Fretum*, ou du détroit, par 36 degrés,
Ptolémée eft précifément en pofition
très-convenable. Ce cap fera le *Soloe* de
l'auteur quelconque de ce qui porte le
titre de Périple de Hannon. Car, à partir du Détroit, & après deux jours de
navigation d'une flotte de 60 bâtimens
allant de conferve, (ce qui pouvoit
mettre cette flotte à la hauteur de Salé)
c'eft en cinglant enfuite vers le couchant
qu'elle a connoiffance de ce promontoire, ce qui eft conforme à la difpofition
du local en ces parages. Si le fond qu'on
peut faire fur les circonftances de cette
relation n'eft pas abfolument ce qui donne lieu à ce qu'on vient de remarquer,

c'eft du moins un témoignage qu'on n'a pas négligé de la confulter. L'*Atlas major* de Ptolémée à 26 degrés & demi de latitude, prend la hauteur du Cap Bojador, par un même point de convenance que l'*Atlas minor*; & dans les routiers Portugals, dreffés fur le rapport des navigateurs qui en rangeant précifément ce rivage, ont après plufieurs tentatives ouvert la route qui conduit aux Indes orientales, la côte qui fuit le Bojador eft appelée Terra alta, foit qu'elle s'éleve en bordant la mer, foit qu'elle donne l'afpect des montagnes dont l'intérieur du pays foit couvert.

Dans l'intervalle des deux promontoires, un port nommé *Rufupis* peut convenir à Azafi, & *Myfocoras* enfuite à Mogodor; & un autre lieu remarquable fur cette côte, & que les Portugais ont nommé Sainte-Croix, dominé par un château nommé Tamara, fera *Tamufiga*. Le Cap de Ger, qui couvre une grande anfe au fond de laquelle eft Sainte-

Croix, peut répondre au promontoire distingué par le nom d'Hercule, auquel on attribuoit une expédition dans cette contrée Afriquaine. Les *Fortunatæ insulæ*, rangées sur une même ligne méridienne dans Ptolémée, & en latitude trop méridionale, sont au-contraire plus élevées en hauteur que le grand promontoire d'Atlas, & le dévancent ainsi dans l'ordre que nous suivons en tendant vers le midi. Il est plus convenable de les trouver placées vis-à-vis de la Mauritanie, selon Strabon, & des Autololes en particulier, selon Pline. On en devoit la connoissance au désir de s'instruire qu'avoit eu Juba, roi de Mauritanie, plus digne de recommandation au jugement de Pline, par ses études que par sa dignité (*). On en distingue quelques-unes sous le nom de *Purpurariæ*, dans lesquelles Juba avoit eu dessein d'établir une teinture en pourpre : & comme plus voisines du continent, en ce qu'on les trouve distinguées des

(*) *Studiorum claritate memorabilior quàm regno.*

Fortunées plus reculées vers le couchant,
il faut les reconnoître dans celles de Lan-
çarote & de Fortaventure, dont un gen-
tilhomme François nommé Bethancourt,
prit possession dans les premières années
du quinzième siècle. *Canaria* a donné le
nom de Canaries à ces isles en général.
Les neiges qui couvrent le sommet du
Pic de Ténérife, adjugent à cette isle
en particulier le nom de *Nivaria* ; & ce
qu'on a débité d'un arbre distilant de
l'eau par ses feuilles comme une pluie,
dans l'isle de Fer, peut lui rendre propre
le nom de *Pluvialia* en latin, & d'*Om-*
brior en grec. Les noms de *Capraria*, &
de *Junonia*, tomberont ainsi sur Gomera
& Palma. On sçait que ce qui fait des
Canaries un point considérable dans la
Géographie, c'est de servir de commencement au compte de la Longitude,
comme en effet dans ce qui appartient
à l'ancien Monde, & en y procédant
d'occident en orient, c'est le point duquel il faut partir, puisqu'il n'y en a

point d'ultérieur que l'ancienne Géographie ait droit de réclamer.

Ce qui se présente de remarquable au-delà du promontoire que l'on connoît sous le nom de Bojador, est une grande embouchure de rivière, que les Portugais ont appelée Rio do Ouro, ou rivière d'or, & qui peut répondre au fleuve nommé *Salathi*, avec une ville de même nom dans Ptolémée. Et si l'on veut rapporter à quelque objet du local actuel le fleuve *Lixus* du Périple de Hannon, c'est à cette rivière, vu l'indication de deux jours de navigation ultérieure, & d'un troisième en tournant à l'est, pour arriver à l'isle nommée *Cerne*. Dans ce détour on peut reconnoître le Cap Blanc ; & l'isle d'Arguin, que les Maures apelent Ghir, est vraisemblablement celle dont il s'agit. Il ne faudroit pas user de trop de rigueur, sur ce que la distance entre le Détroit & cette isle n'est pas estimée plus considérable dans le Périple, que celle qui est sensiblement plus courte entre Carthage & le Détroit. Mais, il en faut venir au *Daradus*, grand fleuve, que Ptolémée tire d'une montagne nommée *Caphas*, & on a quelque notion du nom de Caffaba vers le haut du Senega, qui n'a rien de commun avec le Niger, comme on le croyoit antérieurement. Le grand promontoire qui succède sous le nom d'*Arsenarium*, est évidemment le Cap Verd ; & en trouvant dans Ptolémée une pointe de terre adjacente & un peu en retraite, distinguée par le nom de *Ryssadium*, on voit de la conformité en cette circonstance avec la pointe d'Almadie sur le côté méridional du cap. Ptolémée fournit en ces parages des objets que l'on ne doit qu'à lui seul ; & il connoît la rivière de Gambie sous le nom de *Stachir*, à la suite de ces promontoires. L'*Hesperu-ceras*, ou la corne de l'occident, est un cap au-delà de cette rivière, & duquel la côte, qui jusque-là tendant au midi, regarde le couchant, tourne subitement à l'orient presque plein, pour faire face au midi, comme la connoissance actuelle du local en instruit positivement.

Nous sommes bien près du terme, jusqu'où il est possible d'étendre l'ancienne Géographie sur la côte occidentale de l'Afrique. Le défaut d'accord & de précision dans le peu que fournit l'antiquité, sur quelques objets assez éloignés à son égard pour n'être pas bien distingués, rendroit superflue la discussion qu'on entreprendroit d'en faire, sans rendre la matière plus intéressante. On peut dire sommairement, qu'il est parlé d'un *Sinus Hespericus*, ou golfe occidental, des *Insulæ Hesperidum*, d'une isle *Gorgonis*, ou des isles *Gorgades*, d'une montagne appelée *Theón-ochema*, ou char des Dieux ; enfin, de *Noti-cornu*, ou corne méridionale, promontoire le plus reculé, duquel il est dit que la flotte Carthaginoise d'Hannon reprit la route de Carthage, quoiqu'ailleurs que dans le Périple qui porte son nom, ce navigateur

gateur ne revienne à Carthage qu'en faisant le tour du continent de l'Afrique. On peut penser, que cette manière de varier fur la navigation d'Hannon la rendroit fufpecte ; & d'ailleurs, des femmes marines appelées Gorilles, des rivières de feu qui fe rendent dans la mer, felon ce Périple, ne font pas propres à faire adopter cette relation dans tout ce qu'elle débite. Mais, pour faire quelque attention aux circonftances locales rapportées ci-deffus, quand on jette les yeux fur ce local, aujourd'hui bien connu, & dont la difpofition ne fouffre point d'incertitude ; on y remarque à la fuite de la corne occidentale une courbure dans le rivage, qui renferme des ifles en affez grand nombre ; on ne voit point d'autre montagne en pouffant plus loin, que celle de Serre-lione, à laquelle fuccéde une pointe de terre prolongée fous le nom de cap de Sainte Anne, féparée à la vérité du continent par un canal étroit, mais d'une manière qui échap-

Tome III. F

poit encore à la connoiſſance des premiers navigateurs de ces derniers ſiècles.
C'eſt en conſéquence d'un aſſujettiſſe-
ment indiſpenſable à ce que donne ainſi
la Géographie poſitive , qu'on a cru
devoir placer dans la carte du Monde
connu des Anciens , les objets dont on
vient de parler , & les plus reculés de
l'ancienne Géohraphie en ces parages.
Quant à des *Heſperii Æthiopes* , ou Ethiopiens occidentaux , il faut remarquer ,
que les races Maures étant en poſſeſſion
de tout ce que comprend le Déſert ,
juſqu'au Sénéga , c'eſt proprement aux
bords de ce fleuve que commence la
population d'un ſang Negre , dont on
connoît aſſez la différence d'avec un
autre peuple également Afriquain.

Après avoir ainſi terminé la troiſième
& dernière partie de l'ancien Monde ,
en parcourant le rivage de l'Océan Atlantique , il reſteroit en apparence quelque choſe à déſirer , ſi on gardoit ici
un ſilence abſolu ſur la fameuſe iſle de

même nom que cet Océan. Mais, qui croira pouvoir la rapporter au continent du nouveau Monde, ou de l'Amérique, & croire en même tems que les Atlantides qui l'habitoient, soient venus dans un siècle fort antérieur aux tems historiques, faire des conquêtes en Europe & en Asie, qui dans cette invasion n'auroient trouvé de secours pour la repousser, que la résistence & la valeur des Athéniens ? Pourquoi ne pas voir dans le narré de Platon (*) sur cet événement, un Athénien qui veut illustrer sa patrie, & dans ce qu'il débite sur la police des Atlantides, un philosophe occupé de spéculations plus magnifiques que vraisemblables ? Comme cette isle ne paroissoit plus, on a pris le parti de dire, qu'un continent, auquel on attribuoit plus d'étendue qu'à l'Afrique & à l'Asie jointes ensemble, avoit été submergé en vingt-quatre heures, ce qui mettoit, disoit-on, dans la navigation de la Mer

(*) Dans le Timée & le Critias.

F ij

Atlantique un danger, qu'on n'y connoît pas. Il a bien pu entrer dans la penfée de quelques fçavans chez les anciens, que ce qu'ils connoiſſoient de terre ſur le Globe n'en couvrant pas à beaucoup près la ſurface, il pouvoit y avoir d'autres portions de terre ou continents dans les parties inconnues. Ariſtote s'en explique ainſi préciſément, & ſans rien dire de plus, dans le livre où il traite du Monde ; ce qui eſt préférable à ce qui lui eſt prêté dans un autre livre intitulé les Merveilles. Ce qu'on y trouve d'une iſle n'ayant point d'habitans, & néanmoins abondante en toute choſe, découverte par les Carthaginois, qui dans la crainte de voir déſerter des citoyens qui s'y feroient tranſportés, en auroient interdit la navigation ſous peine de mort, n'eſt pas à la vérité auſſi merveilleux que ce qu'on lit dans les dialogues de Platon, mais doit également être relégué au pays des fables.

FIN DE L'AFRIQUE.

NOMENCLATURE

ALPHABÉTIQUE

Servant de Supplément à ce qui est inséré
dans le corps de l'Ouvrage.

Le premier chiffre romain désigne le Volume,
& le second en plus petit caractere dis-
tingue une Section particulière en chaque
Volume.

A

*A*BACÆNUM, I. v ı. près de Tripi.
Aballaba, I. ııı. Apple-by.
Aballo, I. ı ı. Avalon.
Abella, I. v ı. Abella vecchia.
Abelterium, I. ı. Alter-pedroso.

F iij

Abisama, II. IV. Abîan.

Abobriga, I. I. Bayona.

Abodiacum, I. V. Hapach.

Abola, I. VI. Aula antica.

Abusina, I. V. Abensperg.

Abus mons, II. II. Abi-dag.

Acalandrus fl. I. VI. Salandrella.

Acanthus, III. I. Dashur.

Accipitrum inf. vel Enosis, I. VI. San-
Pietro.

Acerræ, I. VI. Acerra.

Acerræ, (*Gall-Cisalp*,) I. VI. Gera.

Achsaph, II. III. Shakif-Tiron.

Acheron fl. I. VI. Chrisaora.

Acidava, I. VIII. Lucavez.

Acinipo, I. I. Ronda la vieja.

Aciris fl. I. VI. Agri.

Acitodunum, I. II. Ahun.

Acmonia, I. VIII. Lugos.

Acontisma angustiæ, I. VII. Asperosa.

Acoris, III. I. Tehené.

Acræ, I. VI. Palazzolo.

Acragas fl. I. VI. Fiume de Girgenti.

Acra - melæna, II. I. Calin-acra.

Acritas prom. II. 1. Acrita.

Acro - Athos prom. I. VII. Cap de Monte Santo.

Acronius lacus, I. 11. Unter - fee, ou partie inférieure du L. de Conftance.

Actium prom. I. v 1. Punta de la Civola.

Acunum, I. 11. Ancone.

Adellum, I. 1. Elda.

Adrana fl. I. 1v. Eder.

Adrianum, I. v1. Ariano.

Aduaticorum oppidum, I. 11. Falais fur la Méhaigne.

Æantium, II. 1. Nouv. Château d'Europe.

Æcæ, I. v1. Troja.

Æculanum, I. v1. Eclano.

Ædonis inf. III. 111. Bomba.

Ægæ, II. 1. Guzel-hifar.

Ægaleus mons, I. v 1 1. Monte de San Nicolo.

Ægilon vel Capraria inf. I. v 1. Capraia.

Ægimuri aræ, III. 111. al Giamur, ou les Zimbres.

Ægitna, I. 11. Sur le Goulfe Jan.

Ægusa insf. I. vi. Favognana.

Ægusa insf. III. iii. Linosa.

Æmate, I. v. Smianie.

Ænia, II. i. Einia.

Ænos, II. iii. Saasa.

Ænus mons, I. vii. Monte Leone.

Æmines portus, I. ii. Embiez.

Aeria, I. ii. au Mont Ventoux.

Æstuarium, I. i. Astro.

Ætna, I. vi. Nicolosi.

Agarum prom. I. ix. Kossa Federowa.

Agathoclis Insulæ, III. ii. Abd-el-Curia.

Agathyrnum, I. vi. Agati.

Agelocum, I. iii. Litle-broug.

Agni cornu, III. i. Megaizel.

Agnotes, I. ii. Ack.

Agora, I. viii. Playar.

Agrilium, II. i. Biledgik.

Aguntuou, I. v. Inniken.

Agyrium, I. vi. San Filipo d'Argirone.

Aï vel Gaï, II. iii. Haï.

Alaba, I. i. Alagon.

Alabastrites mons, III. i. Gebel-il-Kalil.

Alabastrón polis, III. i. vestiges.

Alœfa, I. VI. Santa-Maria de Palazzi.

Alœfas fl. I. VI. Pettineo.

Alalœi infulæ, III. II. Ifles d'Habael.

Alamatha, II. III. Elamora.

Alamons, I. II. Moneftier d'Alamont.

Alander fl. II. I. Alhaur.

Alatrium, I. VI. Alatri.

Alauna, I. II. les Moutiers d'Alone.

Alaunus fl. I. III. Avon.

Alba, I. I. Salvatierra (de Alava.)

Alba, (*in Baftit.*) I. I. Alboz.

Alba Docilia, I. VI. Albizola.

Albianum, I. V. Aibling.

Albinia fl. I. VI. Albegna.

Albiniana, I. II. Alfen.

Albocella, I. I. Albancella.

Album-littus, III. I. Ripa-alba.

Alburnus mons, I. VI. Albanella.

Alces, I. I. Alcazar.

Alconis, I. II. Aigue-bone.

Alerca, I. II. Ardantes.

Aletium, I. VI. Santa-Maria dell' Alizza.

Aletum, I. II. Guich-Alet, ou la Cité.

Alexandria (*Cypri*) II. III. Aleffandreta.

Alexandroschæne, II. III. Scandareta.

Alex fl. I. VI. Alece.

Algæ, I. VI. Val d'Aliga.

Alingo, I. II. Langon.

Alisincum, I. II. Anizi.

Aliso, I. IV. Alsen.

Alisontia, I. II. Alsetz.

Allifæ, I. VI. Alifi.

Almum (ad), I. VIII. Lom-grad.

Almus fl. I. VIII. Lom.

Alona, I. III. Kirhby Lon-dale.

Alsa fl. I. VI. Ausa.

Alsium, I. VI. Statua.

Altanum, I. YI. Pagliapoli.

Alta-ripa, I. II. Altrip.

Aluntium, I. VI. Alontio.

Alyi, III. I. Medinet-Iahel.

Amagetobriga, I. II. la Moigte de Broie.

Ambacia, I. II. Amboise.

Ambarri, I. II. dans la Bresse.

Ambiatinus vicus, I. II. Konigstuhl.

Ambrussum, I. II. Pont Ambrois.

Amiternum, I. VI. vestiges à San Vitto-
rino.

Ampelos prom. I. VII. Cap Xacro.

Amutria , I. VIII. Motru.

Anapus fl. I. VI. Anapo.

Anatilii , II. II. fur le Rhône, près de la mer.

Ancyrôn-polis , III. I. Eggerone.

Anderis , I. III. la Rye.

Andethanna , I. II. Epternach.

Andrapa , II. II. Karghi.

Andriace , II. I. Cacamo.

Andufia , I. II. Andufe.

Anemo fl. II. VI. Amone.

Angitula fl. II. VI. Ancitola.

Annamatia , I. V. Adom.

Anneianum (ad Athefim) I. VI. Legnago.

Anneianum , I. VI. Borgo di San Lorenzo.

Anonium , I. V. Non.

Ante Troada infulæ, II. I. Ifles des Lapins, & Mavro-nifi.

Anthemufias , II. III. Shar-melik.

Antiana , I.. V. Secziu.

Anticeitas fl. II. VIII. bras du Kuban.

Antros inf. I. II. Soulac.

Anxia , I. VI. Anzi.

F vj

Apeneste, I. VI. Vieste.

Aphrodisium, II. III. vestiges.

Apicilia, I. VI. Latisana.

Apocopa, III. II. Bandel d'Agoa.

Apollinis Alæi Templ. I. VI. Torre del Capo d'Alice.

Aponi fontes, I. VI. Abano.

Appii Forum, I. VI. Borgo longo.

Aprustum, I. VI. Aprigliano.

Aptungie, III. I. Longisaria.

Aquæ, I. IV. Baden.

Aquæ, I. V. Topolovatz.

Aquæ (près d'Asculum) I. VI. Acqua Santa.

Aquæ, I. VI. la Bagnara.

Aquæ, I. VII. Bagni.

Aquæ Bilbilitanorum, I. I. Al-hama.

Aquæ Bormonis, I. II. Bourbon l'Archambaud.

Aquæ Borvonis, I. II. Bourbone - les-Bains.

Aquæ Cæretanæ, I. VI. Bagni di Stigliano.

Aquæ Calidæ, I. I. Caldas.

Aquæ Calidæ, I. 11. Vichi.

Aquæ Calidæ, III. 111. Hammam-Lef.

Aquæ Cilenorum, I. 1. Caldas de Rey.

Aquæ Convenarum, I. 11. Capbern.

Aquæ Helveticæ, I. 11. Baden.

Aquæ Neræ, I. 11. Néris.

Aquæ Nifineii, I. 11. Bourbon l'Anci.

Aquæ Pifanæ, I. vi. Bagni.

Aquæ Populoniæ, I. vi. Caldana.

Aquæ Querquennæ, I. 1. Baños de Molgas.

Aquæ Quintianæ, I. 1. Sarria.

Aquæ Segeſtanæ, I. vi. Bagni.

Aquæ Segeſte, I. 11. Ferrières.

Aquæ Segete, I. 11. Aiſſumim.

Aquæ Siccæ, I. 11. Seches.

Aquæ Voconiæ, I. 11. Caldes.

Aquæ Volaterranæ, I. vi. Monte Cerberi.

Aqua-viva, I. v. Dernouci.

Aquenſis vicus, I. 11. Bagnères.

Aquileia, I. vi. Aquila diruta.

Aquilonia, I. vi. la Cedogna.

Aquinum (*Gall. Cifalp.*) I. vi. Acquaria.

Aquinum (*Latii*) I. vi. Aquino.

Arabius fl. II. vi. Araba, ou il-Mend.

Aracca, II. v. Wafit.

Aræ Flaviæ, I. v. Heiligenberg.

Ara Ubiorum, I. 11. Gotsberg près de Bonn.

Arauris fl. I. 11. Eraut.

Arbis fl. II. v. Afit-ab.

Arbor-felix, I. v. Arbon.

Arcidava, I. viii. Verfziz.

Arcobriga, I. 1. Arcos.

Arebrignus Pagus, I. 11. partie du Dioc. d'Autun, voifine de la Saône, au nord du Dioc. de Challon.

Arenatium; I. 11. Aert.

Areva fl. I. 1. riv. d'Arevalo.

Argari, II. ix. Oreyur.

Argennum prom. I. vi. Capo de Sant-Aleffio.

Argentanum, I. vi. Argentano.

Argentomagus, I. 11. Argenton.

Argentovaria, I. 11. Artzen-heim.

Arginuffæ infulæ, II. 1. Arginufi.

Argous portus, I. vi. Porto Ferraro.

Arguftana, II. 1. Artañ.

Arialbinnum , I. 11. Binning près de Basle.

Aricia , I. vi. la Riccia.

Ariconium , I. iii. Ken-chester.

Ariola , I. ii. Vroil.

Ariolica , I. ii. Aurilli.

Ariolica (*in Sequan.*) I. ii. Pont-Arlier.

Ariolica , I. vi. Peschiera.

Aritium Prætorium , I. i. Benavente.

Arlape , I. v. Erlaph.

Arminia fl. I. vi. Fiore.

Arna , I. vi. Civitella d'Arna.

Arna , I. vii. Serine.

Arnestum , I. vi. près de Monopoli.

Aro fl. I. vi. Arrone.

Aroca fl. I. vi. Croche.

Arocelis , I. i. Huarte-Araquil.

Arretium Julium , I. vi Giovi.

Arretium Fidens , I. vi. Castiglione Aretino.

Arriaca , I. i. Guadalajara.

Artane , II. i. Reden.

Artemisium , II. i. Cinq-Eglises.

Artiaca , I. ii. Arci fur Aube.

Arua, I. 1. près de Lora.

Arubium, I. v. Modrus.

Arrucci novum, I. 1. Moura.

Arrucci vetus, I. 1. Arroche.

Asca, II. iv. Olu-Iahseb.

Ascelum, I. vi. Asolo.

Asciburgium, I. 1. Asburg.

Asculum (Apulum) I. vi. Ascoli.

Asindo, I. 1. Medina-Sidonia.

Aspacæa, II. viii. Peim.

Aspaluca, I. 11. Acous dans la vallée d'Aspe.

Aspia fl. I. vi. Aspido.

Aspis, I. 1. Aspe.

Aspis, II. 1. Psili-bourun.

Aspithra, II. ix. Shantebon.

Assa Paulini, I. 11. Anse.

Assisium, I. vi. Assisi.

Assorus, I. vi. Assaro.

Assus, I. vii. Alazzo.

Assus, I. viii. Assarli.

Astacilis, III. iii. Tesailah.

Astacus, I. vii. Dragomeste.

Astapa, I. 1. Estepa la-Vieja.

Aftelephus fl. II. ii. Mokis-fcari.

Aftibus, I. vii. Iftib.

Aftura, I. vi. Torre d'Aftura.

Atacini, I. ii. fur la riv. d'Aude.

Atalanta inf. I. vii. Talanta.

Atalantes-nefium, I. vii. Talanta.

Ategua, I. i. Tegva ou Teba.

Atella, I. vi. Sant-Arpino près d'Averfa.

Atellum, I. vi. Laviello.

Athenopolis, I. ii. Agathon ou Agay.

Atina, I. vi. Atina.

Atina, I. vi. Atino.

Atrax, I. vii. Ternovo.

Attacum, I. i. Ateca.

Attidium, I. vi. Attigio.

Atys fl. I. vi. Carabi.

Avas fl. I. vii. Vuvo.

Avatici, I. ii. aux environs de Marti-gues.

Audus fl. III. iii. Adous ou Zowah.

Aufena, I. vi. Ofena.

Augufta, I. ii. Aoufte.

Augufta, I. viii. Rahova fur Ogoft.

Auguftana, I. v. Auburg.

Auguftobriga, I. 1. Muro près d'Agreda.

Auguftobriga (*ad Tagum*) I. 1. Puente del Arzobifpo.

Auguftodurum, I. 11. paffage de la Vire.

Auguftum, I. 11. Aofte.

Avia vel Aveia, I. vi. Civita di Bagno.

Avifio portus, I. 11. port d'Eza.

Aulæi - tichos, I viii. Rouzé.

Aulerci Brannovices, I. 11. Briennois.

Aunedonacum, I. 11. Aunai.

Aureus mons, I. vi. Monti di Tenda.

Aufer fl. I. vi. Serchio.

Aufigda, III. 1. Zadra.

Aufoba, I. iii. Gallway.

Aufona, I. vi. Sonnino.

Aufugum, I. v. Val Sugana.

Axelodunum, I. iii. Hexham.

Axiacet fl. I. ix. Teli-gol.

Axima, I. 11. Aifne.

Axuenna, I. 11. Neuville - au Pont fur l'Aifne.

Axuenna, autre paffage de l'Aifne.

Axylis, III. 1. Foffelli.

Aza, II. iii. Ezaz.

Azao, I. v. Zen.

Azorus, I. vii. Servitza.

B

Baccaiæ, II. iii. Bakas.

Baccanæ, I. vi. Baccano.

Badera, I. ii. Basiége.

Badesis fl. I. vi. Ronco.

Bœtulo, I. i. Badalona.

Balepatna, II. ix. Patan.

Balonga, II. ix. Patani.

Banchis, III. i. Temeh-Issebag.

Bantia, I. vi. S. Maria de Vanze.

Barax-malcha, II. iii. Verixa.

Barbana fl. I. v. Boiana.

Barbarium prom. I. i. Cap d'Espichel.

Barduli, I. vi. Barletta.

Bargus fl. I. viii. Kuaritz.

Bargylia, II. i. Barghili.

Baria, I. i. Vera.

Bascisi Montes, III. i. Monts Meiés.

Basilia, I. ii. Basle.

Basistis, II. vii. Baxda.

Batavorum oppidum, I. II. Batenburg.

Batiana, I. II. Baix.

Batinus fl. I. VI. Trontino.

Botrachus portus, III. I. Batraka, vulgò
   Patriarcha.

Batus fl. I. VI. Bato.

Baudobrica, I. II. Berick.

Baudobrica, I. II. Bopart sur le Rhin.

Bautæ, I. II. Vieux Anneci.

Beda, I. II. Bidburg.

Bedriacum, I. VI. Cividale.

Beeroth, II. III. Bir.

Belbina inf. I. VII. Lavousa.

Belca, I. II. Bouzi.

Belerides insulæ, I. VI. Serpentera.

Belgica, I. II. Bledberg.

Belginum, I. II. Baldenau.

Belia, I. I. Belchite.

Belindi, I. II. Belin.

Belisama Æstuarum, I. III. Mersey R.

Bellintum, I. II. Barbentane.

Belsinum, I. II. Bernet.

Belunum, I. V. Belluno.

Bennones, I. III. High-cross, où deux

voies Romaines fe croifent.

Benno-venna, I. iii. Wedin fur Nyn R.

Bercorates, I. ii. Bifcarroffe.

Beregra, I. vi. Civitella di Tronto.

Bergidum, I. i. Vierzo.

Bergintrum, I. ii. Belantre.

Bergulæ, I. viii. Bergafe.

Bergufium, I. ii. Bourgoin.

Bericiana, I. v. Pùrkheim.

Besbicus inf. II. i. Kalo-limno.

Befidiæ, I. vi. Bifignano.

Betafii, I. ii. Beetz.

Bethagabra, II. iii. Bethgibrin.

Bethar, II. iii. Ali-ben-Aalam.

Bethfur, II. iii. Bethfur.

Bibrax, I. ii. Bièvre.

Bidaium, I. v. Burghaufen.

Bigerra, I. i. Bogarra.

Bilitio, I. v. Belinzona.

Bifcargis, I. i. Berrai.

Biftue, I. v. Viffok.

Biturgia, I. vi. Levana.

Blanda, I. i. Blanés.

Blanda, I. vi. Maratia.

Blariacum, I. II. Blerick.

Blascon insf. I. II. Brescon.

Blatobulgium, I. III. Bowl-nesf.

Blavta, I. II. Blavet.

Blavia (*ad Garumn.*) I. II. Blaye.

Blera (*Apul.*) I. VI. près de Gravina.

Blera (*Etrur.*) I. VI. Bieda.

Boactes fl. I. VI. Vara.

Boagrius fl. I. VII. Broio.

Bocani, II. IX. Kobocan.

Bodincomagus, *vel Industria*, I. VI. Mon-
teû.

Bodiontici, I. II. dans le Dioc. de Digne.

Bœa, I. VII. Vatica.

Bœonas insf. II. IX. Diu.

Boii, I. II. partie du Diocèse d'Autun
dans le Bourbonnois.

Bolbe palus, I. VII. Peschiera.

Bomium, I. III. Cow-brige.

Bonconica, I. II. Oppenheim.

Boosura, II. III. Bisur.

Boras Mons, I. VII. M. de Prilipo.

Borgys, II. VIII. Ketchili.

Bormanni, I. II. Bormes.

Borrama, II. III. Bemaram.

Boxum, I. II. Buffière.

Bradanus fl. I. VI. Bradano.

Brannodunum, I. III. Burn-ham.

Brannovices, I. II. Briennois.

Branonium, I. III. Stretton.

Bremenium, I. III. Bramton.

Bremetonacum, I. III. Rible-chester.

Brepus, II. II. Aké-kala.

Breviodurum, I. II. Pont-Audemer.

Breuni, I. V. Val Braunia.

Brigantio, I. II. Briançonet.

Brigecum, I. I. Villa Brisar.

Brigiofium, I. II. Briou.

Brigobanne, I. V. Bodman.

Britanni, I. II. entre le Boulonois & le Pontieu.

Brivas, I. II. Vieille-Brioude.

Brivodurum, I. II. Briare.

Bromagus, I. II. Promazens.

Brovonacis, I. III. Kirkby-thur.

Brundulus portus, I. VI. Brondolo.

Brunga, II. I. Vranjia.

Bryas, II. I. Maltepet.

Buca, I. vi. Termoli.

Bucephalium, I. vii. Porto-Franco.

Bucinna inf. I. vi. L'evenzo.

Budua, I. i. Botoa.

Bullæum, I. iii. Buelt.

Burdenis, I. v. Belekis.

Burginatium, *vel Quadriburgium*, I. 11. Skenk.

Burgus, I. 11. Bourg.

Burgus fl. I. viii. Kangik ou Burgas.

Burnum, I. v. Tnin.

Burredensii, I. viii. Burze-land.

Burtudisus, I. viii. Eski-Baba.

Burum, I. i. Bivero.

Buruncus, I. 11. Woringen.

Buffinius Mons, I. v. M. Ivan, duquel fort la rivière de Bofna.

Butrium, I. vi. Sant Alberto.

Butuntum, I. vi. Bitonto.

C

*C*ABASA, III. i. Cabas-el-Meleh.

Cæcina fl. I. vi. Cecina.

Cæcinum,

Cæcinum, I. vi. Satriano.

Cælina, I. vi. Monte-regale sur Celina Fiume.

Cænis prom. I. vi. Ponta del Pezzolo.

Cæno, I. vi. Nettuno.

Cæresi, I. ii. sur la riv. de Chiers.

Cæsariana, I. vi. Buon-albergo.

Cæsaromagus, I. iii. Chelmesford.

Caferonianum, I. vi. la Carfagnana.

Calacte, I. vi. Caronia.

Calagorgis, I. ii. Cazères.

Calagum, I. ii. Chailli.

Ca'agurris, I. i. Loare.

Calama, II. vi. Calamat.

Calama, III. iii. Gelma.

Calamæ, I. vii. Calamata.

Calamon, II. iii. Calamon.

Calathe insʃ. III. iii. Galita.

Calatia, I. vi. Gaiasa près de Caserta.

Calauria insʃ. I. vii. Isles des Corsaires.

Calcaria, I. ii. Cadieres.

Calcaria, I. iii. Tad-caster.

Calentes-aquæ, I. ii. Chaudes-aigues.

Cales, I. vi. Calvi.

Tome III. G

Caleva, I. III. Alton.

Calingón portus, II. IX. Cofinga.

Calliana, II. IX. Calanja ou Caranja.

Callifæ, I. VI. Carifé.

Callipolis (*Sicil.*) I. VI. Gallipoli.

Calliope, II. V. Ras-al-Kalb.

Callis, I. VI. Cagli.

Callum, I. VIII. Comburgas.

Callyre, I. VIII. Kavarnac.

Calone, I. II. Kelnet ou Kenlet.

Calor fl. I. VI. Caloré.

Camatullici, I. II. Ramatuelle.

Cambes, I. II. Kembs.

Cambiovicenfes, I. II. Chambon.

Cambodunuon, I. III. Almans-bury.

Camboritum, I. III. Cambridge.

Cambrufa, II. I. Cambrufa, ou Porto
Venetico.

Cameliomagus, I. VI. Stradela.

Camicianæ aquæ, I. VI. Caftel Termine.

Camicus, I. VI. Platanella.

Campona, I. V. Buda-vetus.

Camponi, I. II. Campan.

Canales, I. VI. Fonte Canile.

Canalicum, I. VI. Carchere.

Candidum prom. III. III. Ras-el-Abiad.

Candriaces fl. II. VI. Kurenc.

Caninefates, I. II. partie occidentale de l'Isle des Bataves.

Cantanum, I. VII. Candano.

Cantilia, I. II. Chantelle.

Capara, I. I. Capara.

Capena, I. VI. Civitella près de Fiano.

Capitium, I. VI. Capizzi.

Caprasiæ ostium, I. VI. Porto di Magna vacca.

Caracates, I. II. dans le diocèse de Maïence.

Caracodes portus, I. VI. la Tonara.

Caræ, I. I. Cariñena.

Caralitanum prom. I. VI. Cap Saint-Elie.

Caranusca, I. II. Garsch.

Cararia, I. VI. Carara.

Carasa, I. II. Gatis.

Carbia, I. VI. Algher.

Cardamyla, I. VII. Cardamyla.

Cardamyla, II. I. Cardamyla.

Careiæ, I. VI. Galera.

Carentini, inferiores & superiores, I. VI. Civita del Conte, & Civita Burella.

Carilocus, I. II. Charlieu.

Carisa, I. I. Carixa près de Bornos.

Caristum, I. VI. Caroso.

Carminianum, I. VI. Carmignano.

Carmylessus, II. I. Hibissi.

Carocotinum, I. II. Harfleur.

Carpasia, II. III. Riso Carpaco.

Carpis, I. V. Vicegrad.

Carpis, III. III. Gurbes.

Carrea Potentia, I. V. Carru.

Carrodunum, I. IX. Cracovie, & Leopol.

Carseoli, I. VI. vestiges au-dessus de Tivoli.

Carsici, I. II. port de Cassis.

Carsulæ, I. VI. vestiges près de San-Gemini.

Cartalimen, II. I. Cartal.

Carthago vetus, I. I. Canta-vieja.

Carura, II. VI. Karê.

Carus vicus, II. I. Tcherkesh.

Coryanda, II. I. Karacoion.

Casamba, II. IX. Ganjam.

Casinum, I. vi. San-Germano près de Monte Casino.

Casperia, I. vi. Aspra.

Caspiàna, II. v. Kazevan ou Mogan.

Caspingium, I. ii. Asperen.

Cassinomagus, I. ii. Chassenon.

Cassiope, I. vii. Cassopo.

Castellum, I. vi. Castel Raniero.

Castellum Romanum, I. ii. Brittenburg.

Castellum Trajani, I. iv. Cassel.

Castra Cornelia, III. iii. Gellah.

Castra Exploratorum, I. iii. Old Carlile.

Castra Hannibalis, I. vi. Roccella.

Castra Herculis, I. ii. Malburg.

Castra nova, I. viii. Caracal.

Castrum Firmanum, I. vi. Torre di Palma.

Castrum Minervæ, I. vi. Castro.

Castrum novum (*Etrur.*) I. vi. Torre Chiaruccia.

Castrum novum (*Piceni*) I. vi. Giulia nova.

Castrum Truentinum, I. vi. Monte Brandone.

Casuaria, I. ii. Ceserieux.

Casuentus fl. I. vi. Basiento.

Casus inf. II. i. Caso.

Cataractes fl. I. vii. Zuzuro.

Cataractonium, I. iii. Cater-wick.

Catualium, I. ii. Hael.

Catusiacum, I. ii. Chaours.

Caulon, I. vi. Caulonia distrutta.

Causennis, I. iii. Fokingham.

Ceba, I. vi. Ceva.

Cebenia, I. viii. Ceben.

Cebrum (ad) I. viii. Ziber.

Celrus fl. I. viii. Zebris.

Celeusum, I. v. Kel-heim.

Cema mons, I. ii. Camelione, la Caillole.

Cemenelium, I. ii. Cimies.

Cena, I. vi. Siculiana.

Cenalata, I. vi. San-Fiorenzo.

Cenchreæ, I. vii. Kenkri.

Ceneta, I. vi. Ceneda.

Centurinum, I. vi. Centuri.

Centuripæ, I. vi. Centorlu.

Cephissia, I. vii. Kephisia.

Cepionis turris, I. i. Chipiona.

Cerata mons, I. vii. Kerata.

Ceratus fl. I. VII. Apoſelemi.

Cerbalus fl. I. VI. Carapelle.

Cerebelliaca, I. II. Chabueil.

Cerfennia, I. VI. Santa-Felicita in Cer-
fenna, près de Coll'Armelo.

Cerilli, I. VI. Cirella.

Cerinthus, I. VII. Lero.

Cermia, II. III. Cormachiti.

Cervaria, I. II. Calla Cervera.

Cerynia, II. III. Cerina.

Ceſada, I. I. Hita.

Ceſſero, I. II. Saint-Tuberi.

Ceſtiæ, I. VI. Mont Seſtin.

Cetaria, I. VI. Calla dello Scuarciatoré.

Cevelum, I. II. Cuick.

Chalcia inſ. II. I. Karki.

Chalcis (ad Liban.) II. III. Kalcos.

Chalcitis inſ. II. I. Karki.

Charax, I. IX. Iali-agash.

Chariens fl. II. II. Enguri.

Charus fl. II. II. Marmar-ſcati.

Chereidæ, II. I. Keriadeh.

Cherſoneſus (Sardin.) I. VI. Tavolaro.

Cherſoneſus (Eubææ) I. VII. Cherroneſi.

G iv

Cherſoneſus (*Argolidis*) I. vii. Cophni-
dia.

Cherſoneſus (*Laodiccæ*) II. iii. Cap Zia-
ret.

Cherſoneſus (*Perſidis*) II. vi. Bender-
Risher.

Cherſoneſus (*Indiæ*) II. ix. Cincatora.

Cherſoneſus (*Libyæ*) III. i. Ras-Iathne,
vulgò Raxatin.

Chimera, I. vii. Cimera.

Chora, I. ii. veſtiges ſur la rive gauche
de la Cure.

Chora, I. viii. Khoraz.

Cianeus fl. II. ii. Cianis.

Ciminus mons, I. vi. Montagne de
Viterbe.

Cingulum, I. vii. Cingoli.

Cinium, I. i. Sineû.

Ciſſus, II. i. Ciſmé.

Ciſthene inſ. & opp. II. i. Caſtel-roſſo.

Cithariſta, I. ii. la Ciotat près de Cereſte.

Cithariſtes prom. I. ii. Cap Cicier.

Claderna, I. vi. Quaderna.

Clambetis, I. v. Clapaz.

Clampetia, I. VI. Amantea.

Clanis fl. (*Campan.*) I. VI. Lagnio.

Clanum, I. II. Vulaine.

Clarona, I. V. Knoringen.

Claſtidium, I. VI. Schiatezzo.

Claudiopolis, II. I. Eskelib.

Clavenna, I. V. Cleven ou Chiavenna.

Cleuſis fl. I. VI. Chieſé.

Clides inſulæ, II. III. Clidi.

Cliternia, I. VI. Civita-à-maré.

Clunia, I. V. Alten-ſtat près de Feld-kirk.

Clunium, I. VI. Portociolo.

Cluſium novum, I. VI. Chiuſi.

Cluſo fl. I. VI. Cluſon.

Cô, III. I. Samalut.

Coba, III. III. Bujeiah.

Cobus fl. II. II. Copi.

Coccium, I. III. Cockley.

Cocintum, I. VI. Stilo.

Cocintum prom. I. VI. Capo Stilo.

Cocoſates, I. II. dans les Landes.

Cœlia, I. VI. Cegli.

Cœlianum, I. VI. Stigliano.

G v

Cœliobriga, I. 1. Barcelos.

Cœlius mons, I. v. Kel-muntz.

Colenda, I. 1. Cotanda.

Colias prom. I. vii. Agio Nicolo.

Collippo, I. 1. près de Leiria.

Colubraria, I. 1. Monte Colibré.

Columbarium prom. I. vi. Cap Figari

Columna Rhegina, I. vi. la Catona.

Comagenis, I. v. Paſſage du Kalenberg.

Comarus portus, I. vii. Porto Fanari.

Combariſtum, I. ii. Combrée.

Combretanium, I. iii. Breten-ham.

Combuſta inſ. II. iv. Volcan.

Compitum, I. vi. Savignano.

Complutica, I. 1. Outeiro.

Concana, I. 1. Cangas de Onis.

Concordia, I. ii. Alt-ſtat près de Weiſ-
fenburg.

Condate, I. ii. Montreau-faut-Ionne.

Condate, I. ii. Condé ſur Iton.

Condate, I. ii. Cône.

Condate, I. ii. Coignac.

Condate, I. ii. Condat près de Libourne.

Condate, I. iii. Norwick.

Conope, I. VII. Argyro-castro.

Conovium, I. III. Caer-rhin sur Conwy Riv.

Contra Aginnum, I. II. Condran..

Contributa, I. I. Medina de las Torres.

Copæ, I. VII. Polea.

Copais lacus, I. VII. Livadia limné.

Cophanta fl. II. VI. R. de Mend.

Cora, I. VI. Coré.

Corace, II. III. Karak-Shaubak.

Corax fluv. II. II. Coddors, ou bien Sehoum.

Coraxiæ iusulæ, I. VII. Chero & Anti-Chero.

Corbiene, II. V. Khorrem-abad.

Corbilo, I. II. Coëron.

Cordylusa, II. I. Isle de Sainte-Cathe-rine.

Coriallum, I. II. Havre de Gouril.

Cornacum, I. V. Erdëut.

Cornus, I. VI. Piginuzi.

Corobilium, I. II. Corbeille.

Coropassus, II. I. Kou-hisar.

Corstopitum, I. III. Morpeth.

Cortata, II. IX. Patanor.

Corterate, I. II. Coutras.

Corticata inf. I. I. Cezarga.

Cortoriacum, I. II. Courtrai.

Coryceon prom. II. I. Cap Curco.

Corycum, I. VII. Coraca.

Corycum (*Lyciæ*) II. I. Porto Genovefé.

Corydalus mons, I. VII. Picro-Daphné.

Cofa, I. II. Coz.

Cofilinum, I. VI. Cogliano.

Cofta Ballenæ, I. VI. la Riva.

Cofyra inf. I. VI. Pantalaria.

Cottiæ, I. VI. Cozzo.

Cranaë inf. I. VII. Fenocchio.

Cranii, I. VII. Veftigic di Cranea.

Crarium, II. I. Tarjea.

Craftus, I. VI. Palazzo Adriano.

Craftui fl. I. VI. Crati.

Craftui fl. I. VIII. Acrati.

Creufis, I. VII. Cacos.

Crimifa, I. VI. lo Ziro.

Crimifa prom. I. VI. Capo dell' Alicé.

Crimifus fl. I. VI. Lipuda.

Crimifus fl. (*Sicil.*) I. VI. F. di Calta-
bellotta.

Crithea, I. VII. Critia.

Crixia, I. VI. Cairo.

Crommyon prom. II. III. Cap Cormachiti.

Crotalus fl. I. VI. Corace.

Cruni, I. VIII. Baltchik.

Crusinie, I. II. Criffei.

Cruftumius fl. I. VI. Conca.

Cuccium (ou *Buccium*) I. v. Vuko-var.

Cuculli, I. v. Kûchl.

Cuneus aureus, I. v. Splugen.

Cuni, II. VI. Candabil.

Cunicularium prom. I. VI. Cap de Pola.

Cuppæ, I. VIII. Kolumbacz.

Cupra maritima, I. VI. Grotté-à-maré.

Cupra montana, I. VI. au-deffus de Ripa-
tranfone.

Curia, I. III. Cor-bridge.

Curmiliaca, I. II. Cormeilles.

Curta, I. v. Curta.

Cufum, I. v. Kozuan.

Cutiliæ, I. VI. Cotila.

Cynethæ, I. VII. Calabrita.

Cyneticum littus, I. II. plage de Canet.

Cyparissia & Asopus, I. VII. Castel-Rampano.

Cyphanta, I. VII. Kuphanta.

Cytæum, I. VII. *forte* le lieu qu'occupe Candie.

Cytheron mons, I. VII. Elatia.

Cynossema, I. VIII. les Cyprès.

Cynossema, II. I. Capo de Volpe.

D

DACTONIUM Lemaviorum, I. I. Montforte de Lemos.

Dades prom. II. III. Cap Chiti.

Dædalium, I. VI. Castro di Pálma.

Dagana, II. IX. Tanawar.

Damna, II. VIII. Manas.

Daphnæ, III. I. Safnas.

Davianum, I. II. Veine.

Daulis, I. VII. Dalia.

Daunium, I. III. Doncaster.

Decastadium, I. VI. Laua.

Decelia, I. VII. Biala-castro.

Decem-pagi, I. II. Dieuze.

Decetia, I. 11. Decife.

Delgovitia, I. 111. Weigton.

Delphinium, II. 1. Porto Delfino.

Deobriga, I. 1. Miranda de Ebro.

Derris extrema, III. 1. Cap Deras ou
Darafo.

Derveinte, II. 11. Derbend.

Derventum, I. 111. Ald-by.

Deva, I. 111. Chefter, en remarquant
que Dée eft le nom de la rivière.

Diacira, II. 111. Zizaeri.

Diana, III. 111. Tagu-Zaina.

Dianæ ftagnum, I. v1. Stagno di Diana.

Dianium prom. I. 1. Cap Martin.

Dianium inf. I. v1. Gianuti.

Diarræa, III. 1. Zoara.

Dibio, I. 11. Dijon.

Didattium, I. 11. la Cité près de Paf-
favant.

Didyme infulæ, I. v1. Saline.

Dierna, I. v111. Orfova, au confluent
de la Czerna.

Diglito, II. 11. Diglit.

Dinaretum, II. 111. Denarés.

Diodurum, I. II. Jouare.

Diolindum, I. II. la Linde.

Dionyſiades inſulæ, I. VII. Gioniſiades.

Dionyſias, III. I. Beled-Kerun.

Dioſpolis, II. I. Aksheh-shar.

Diva, I. I. Deva.

Divitenſe munimentum, I. IV. Deutz.

Domana, II. I. Mama-katoun.

Dorticon, I. VIII. Rakinitza.

Dothain, II. III. Aïn-Ettugiar.

Drahonus fl. I. II. Traun.

Draudacum, I. VII. Darda.

Drepanum, I. II. Gloſſa & Ialova.

Drepanum prom. II. III. Cap Trapano.

Drepanum prom. (*Ægypti.*) III. I. Ras Zâfrané.

Drepanum prom. (*Libyæ.*) III. I. Cap de Derne.

Drium, I. VI. Monte Sant-Angelo.

Drubetis, I. VIII. Drivizza.

Drymuſa inſ. II. I. Iſle de Vourla.

Dumniſſus, I. II. Sonner-wald.

Duodecimum (*ad*) *à Noviomago.*) I. II. Doden-werd.

Durdus mons, III. III. Dubdu.

Durerie, I. II. Treig-hiér.

Durnomagus, I. II. Dormagen.

Durobrivis, I. III. Dorn-ford près de Caster.

Durocaſſes, I. II. Dreux.

Duro-Cataéaunum, I. II. Châlon ſur Marne.

Durocobrivis, I. III. Barkamſted.

Durocorinium, I. III. Ciren-ceſter.

Duroicoregum, I. II. Douriers.

Duroli-pons, I. III. Godman-cheſter, près d'Huntingdon.

Durolitum, I. III. Rumford.

Duronum, I. II. Eſtrun-Cauchie.

Durvus mons, I. II. Durvau.

E

EBELLINUM, I. I. Baillo.

Eborolacum, I. II. Ebreul.

Ebredunum, I. II. Iverdun.

Eburi, I. VI. Evoli.

Eburobriga, I. II. Saint-Florentin.

Ebutiana, I. vi. Aliano.

Echinus, i. vii. Echinou.

Ecnomus mons, I. vi. Monte Serrato.

Ectini, I. ii. fur la Tinea riv.

Edenates, I. ii. Saine.

Edro portus, I. vi. vis-à-vis de Mala-
moco.

Edrum, I. vi. Idro.

Egeta, I. viii. Vetiflau.

Egnatia, I. vi. Torre d'Adanazzo.

Egonis prom. I. vii. Pointe de Panomi.

Egorigium, I. ii. Jonkerad.

Eion, I. vii. Pondino.

Elœus, I. viii. Nouv. Château d'Europe.

Elegium, l. v. Eedt.

Elephas mons & prom. III. ii. Mont Fellis.

Eleporus fl. I. vi. Alaro.

Elenfa inf. (*ad Attic.*) I. vii. Elifa.

Eleufa & Dendros infulæ, I. vii. Pente
nefia.

Ellomenus portus, I. vii. Porte Climeno.

Elpidium prom. I. iii. Mull of Cantir.

Emporium, I. vi. Empurias.

Endidæ, I. v. Egna.

Endor, II. III. Endor.

Engium, I. VI. Gangi.

Enhydra, II. III. Ednut.

Entella fl. I. VI. Sturla.

Epamanduodurum, I. II. Maudeure.

Ephyre inf. I. VII. Ifle du Diable.

Epicaria, I. V. Puca.

Epora, I. I. Montoro.

Epotium, I. II. Upais.

Epufum, I. II. Ivois.

Equabona, I. I. Couna.

Equinoctium, I. V. Fifcha-münt.

Equus-tuticus, I. VI. Caftel-Franco.

Fragiza, II. III. Rajik.

Erbeffus, I. VI. Monte Bibino.

Erebantium promont. I. VI. Capo della Tefta.

Erebinthus inf. II. I. Prota.

Ereffus, II. I. Ereffo.

Ereta mons & caftr. I. VI. Monte Pelegrino.

Eretum, I. VI. près de Monte-rotondo.

Erga, I. I. Fraga.

Ergitium, I. VI. San-Severo.

Eribulum, II. 1. Ovajik.

Ericodes inf. I. VI. Alicudi.

Ericufa inf. I. VII. Varcufa.

Erix, I. VI. Lerice.

Ernaginum, I. II. entre Saint - Gabriel & Saint-Remi.

Ernodurum, I. II. Saint - Ambroife fur Arnon.

Erubrus fl. I. II. Rouvers.

Eryce, I. VI. Catalfano.

Efco, I. V. Schongau.

Effina, III. II. Braya.

Efubiani, I. II. fur l'Ubaye riv.

Etanna, I. II. Ienne.

Etocetum, I. III. Uttoxeter.

Eudrapa, II. III. Eder.

Eupatorium, I. IX. Ak-Mefchet.

Euphrantas turris, III. III. fur le Cap Lorat.

Exapolis, II. VIII. Panczina.

F

FABRATERIA, I. VI. Falvaterra.

Fæfulæ, I. VI. Fiefole.

Faleria, I. VI. Fallerona.

Falesia, I. VI. Piombino.

Fanum Martis (*Belg.*) I. II. Fammars.

Fanum Mortis (*Lugdun. II.*) I. II. Mont-martin.

Fanum Martis (*Lugdun. IV.*) I. II. Cor-seult.

Fanum Minervæ, I. II. la Chappe.

Fanum Voltumnæ, I. VI. Viterbe.

Favonii portus, I. VI. Porto Vecchio.

Fenchi, III. I. Feshn.

Ferentinum (*Etrur.*) I. VI. Ferenti.

Ferentinum (*Latii.*) I. VI. Ferentino.

Feritor fl. I. VI. Bisagno.

Ficaria, I. VI. Figari.

Ficaria ins. I. VI. Isola Cavalli.

Fidenæ, I. VI. vestiges.

Filomusiacum, I. II. Mailloc.

Fines (*Remorum.*) I. II. Fimes.

Fines (*Helvet. & Rhæt.*) I. II. Pfin.

Fines, I. VI. la Fina.

Fiscellus mons, I. VI. Monti della Sibilla au-dessus de Visso.

Flamonia, I. VI. Flagogna.

Flaviobriga, I. 1. Porto Gallete.

Flavionavia, I. 1. Aviles.

Flenium, I. 11. Vlaerding.

Fletio, I. 11. Vleuten.

Fluſor fl. I. vi. Chienti.

Fons Tungrorum, I. 11. Spa.

Forentum, I. vi. Forenza.

Formiæ, I. vi. Mola.

Forum Aurelii, I. vi. Montalto.

Forum Cæſaris, I. vi. Oroſei.

Forum Caſſii, I. vi. Vetralla.

Forum Claudii, I. 11. Centron.

Forum Claudii, I. vi. Oriuolo.

Forum Clodii, I. vi. Fornocchia.

Forum Diuguntorum, I. vi. Crema.

Forum Egurrorum, I. 1. Val Diorrés.

Forum Flaminii, I. vi. San - Giovanne
pro Flamma.

Forum Gallorum, I. vi. Caſtel - Franco.

Forum Hadriani, I. 11. Voor burg.

Forum Ligneum, I. 11. Urdos.

Forum Limicorum, I. 1. Ponte de Lima.

Forum Narbaſorum, I. 1. Anciaens.

Forum Neronis, I. 11. Forcalquier.

Forum novum, I. VI. Forano.

Forum Popilii (*Gall. Cifalp.*) I. VI. Forlinpopoli.

Forum Popilii (*Lucan.*) I. VI. Polla.

Forum Tiberii, I. II. Kaiferftuhl.

Forum Voconii, I. II. Gonfaron.

Foſſa Auguſti, I. VI. Agoſta.

Foſſa Carbonaria, I. VI. Pô di Ariano.

Foſſæ Papyrianæ, I. VI. Foce di Viareggio.

Foſſæ inſ. I. VI. Iſola de Marta.

Fregellæ, I. VI. Caprano.

Fretum Gallicum, I. II. Pas de Calais.

Frigidus fl. I. VI. Vipao.

Friniates, I. VI. Val di Prino.

Frudis oſtium, I. II. Hourdel à l'embouchure de la Somme.

Fruſino, I. VI. Froſinone.

Fulginium, I. VI. Foligno.

Fundi, I. VI. Fondi.

Furconium, I. VI. Forconio.

G

GABBULA, II. III. Gebul.

Gabellus fl. I. VI. la Secchia.

Gabii, I. VI. ruiné.

Gabrantovicorum Sinus, I. III. Golfe de Flamborough.

Gubreta Silva, I. IV. fur les limites de la Bavière & de la Bohème.

Gabris, I. II. Chabris.

Gabromagus, I. V. Crems.

Gabuleue, I. VII. Ibalea.

Gallaad, II. III. Mont Auf.

Galata, I. VI. Galati.

Galefus fl. I. VI. Galefo.

Gallaba, II. III. Giallab.

Gallicum, I. I. Çuera fur le Gallego.

Gallicum, I. VII. Calico.

Gallinaria inf. I. VI. Gallinara.

Gamala, II. III. Bautfah.

Gargara, II. I. Gargara.

Gargarium prom. I. VI. Capo Vieftice.

Gargarius locus, I. II. Garguiés.

Garoceli,

Garoceli, I. vi. vallée de Pragelas & de Clufon.

Garryenum, I. iii. Yar-mauth.

Garumni, I. ii. Rivière.

Gaura mons, I. ii. Col de Cabre.

Gaureleon, I. vii. Porto Cairo ou Gabriel.

Gazara, II. iii. Jazor.

Gazelum, II. i. Aladgîam.

Gelbis fl. I. ii. Kill.

Gelduha, I. ii. Gelb.

Gemellæ, I. vi. Geminis.

Gemellæ, III. iii. Jemella.

Geminæ, I. ii. Mens.

Geminiacum, I. ii. Gemblou.

Genaunes, I. v. Val d'Agno.

Gengunum, I. vi. Monte Genga.

Genufium, I. vi. Genofa.

Gerainæ, I. ii. Jarain.

Gerenia, I. vii. Zarnata.

Gergis, III. iii. Gergis.

Germa, II. i. Kelmebeh.

Germanicum, I. v. Vohburg.

Geronium, I. vi. Tragonara.

Tome III. H

Gerra, II. iii. Aïn-el-Ger.

Gerrhus fl. I. ix. Molosznija-wodi.

Gerulata, I. v. Kerl-burg.

Gesdao, I. vi. Sezane.

Gesonia, I. ii. Zons.

Giarus inf. I. vii. Ioura.

Gigarta, II. iii. Gazir.

Gifchala, II. iii. Aïn-ezzeitun.

Glannativa, I. ii. Glandevés.

Glanum, I. ii. Saint-Remi.

Goaria, II. iii. Hovarein.

Gobannium, I. iii. Aber-gevenny.

Gogana, II. vii. Congon.

Gorditanum promont. I. vi. Capo dell'
Afinara.

Gorneas, II. ii. Khorien.

Graccuris, I. i. Alfaro.

Gradiaci, I. v. Freifach.

Gramatum, I. ii. Granvillars.

Grandimirum, I. i. Muros.

Granianum promont. I. vi. Capo della
Chiappa.

Grannona, I. ii. Port en Beffin.

Grannonum, I. ii. Granville.

Gravinum, I. II. Grainville.

Graviſcæ, I. VI. Eremo di Sant-Agoſtino.

Grinario, I. V. Griſingen.

Griſelum, I. II. Greoux.

Grudii, I. II. Terre de Groude.

Grumentum, I. VI. Armento.

Guba, II. III. Guba.

Guntia, I. V. Guntzburg.

Gypſaria, III. III. Zoara, & Ras-al-mahbés.

H

*H*ADRANTE, I. V. Kottiſch.

Hadranum, I. VI. Aderno.

Hadrianopolis, I. VI. Adrianopoli ou Argyrocaſtro.

Halmyris Taurica, I. IX. Balyklava.

Halone inſ. II. I. Aloni.

Halonneſus, I. VII. Dromo.

Hamaxitus, II. I. Meſſi.

Haræ, II. III. Iareca.

Haſſi, I. II. Hez.

Haſta, I. VI. Utri.

Hebromagus, I. ii. Bram.

Helcebus, I. ii. Ell.

Heldua, II. iii. Burg-helle.

Helice portus, I. ii. Etang de Vendres.

Helice, I. viii. Iktiman.

Helium oftium, I. ii. Embouchure de la Meufe.

Helvillum, I. vi. Sigillo.

Heraclea, I. vii. Xenoxua.

Heraclea, I. viii. Heraclitza.

Heraclea, II. i. Erkli.

Heraclea Caccabaria, I. ii. Saint-Tropez.

Heraclea Minoa, I. vi. veftiges près de Capo Bianco.

Heracleum, I. vii. Piaggia di Maglia.

Heracleum prom. II. i. Cap Teahtchinah.

Herbita, I. vi. Nicofia.

Herculaneum, I. vi. Portici.

Herculem (*ad*) I. viii. Perekop.

Herculis prom. I. iii. Hartland point.

Herculis Monæci portus, I. vi. Monaco.

Herculis prom. I. vi. Cap Spartivento.

Herculis inf. I. vi. Afinara.

Herculis Templum, I. i. San-Pedro.

H iij

Horrea, III. III. Zamora.

Hortanum, I. VII. Orta.

Hostilia, I. VI. Ostiglia.

Hybla major, I. VI. Paterno.

Hybla vel Megara, I. VI. Penifola delli Manghifi.

Hyccara, I. VI. Muro de Carini.

Hyetuffa inf. II. I. Agatho-nifi.

Hygris, I. IX. Krivafa.

Hypæa inf. I. II. Ifle du Levant.

I

Iambo inf. III. I. Baburo.

Iarzetha, III. IV. Jaor fur la rivière de Gambie.

Jafonium, II. VII. Tadjen.

Iaftus fl. II. VII. Kizil-daria.

Iatrum (ad) I. VIII. Krivina.

Ibeum, III. I. Taha-el-modaïn.

Ibliodurum, I. II. paffage de la rivière d'Iron.

Ibora, II. I. Bafireh.

Icarufa fl. II. VIII. Ukrach.

Icauna fl. I. II. Ionne.

Icidmagus, I. II. Iffinhaux.

Iconii, I. II. entre Die & Gap.

Ictimulum, I. VI. Alagna.

Ictodurum, I. II. paffage de la rivière de Vence.

Idacos, I. VIII. Deké.

Idex fl. I. VI. Idicé.

Idomene, I. VII. Idomeni.

Ienyfus, II. III. Kah-Iunés.

Iefona, I. I. Ifona.

Igilium inf. I. VI. Giglio.

Iguvium, I. VI. Gubio.

Ilipa, I. I. Alcolea.

Illunum, I. I. Villena.

Ilurco, I. I. Ponte di Pinos.

Imma, II. III. Harem.

Immadra, I. II. Ifle de Maire.

Imus Pyrenæus, I. II. Saint-Jean Pied-de-Port.

Inathus, I. VII. Demato.

Incarus, I. II. Carri.

Infubres, I. II. partie du Forez.

Interamna, I. VI. Teramo.

H iv

Interamna Nartes, I. vi. Terni.

Interamnium, I. i. Ponferrada.

Interamnium, I. vi. entre Coscile & Esero.

Intercisa, I. v. Panteli.

Intercisa, I. vi. Furlo.

Interocrea, I. vi. Anterdoco.

Interpromium, I. vi. San-Valentino.

Iomnium, III. iii. au Cap Caxine.

Ios inf. I. vii. Skiro-poulo.

Jovis pagus, I. vii. lo Jobi.

Iporci, I. i. Constantina.

Irine inf. I. vii. Coro-nisi.

Isamus fl. & opp. I. vii. Hismo.

Isara, I. ii. Pont-l'Evêque sur l'Oise.

Ischalis, I. iii. Ivel-chester.

Iseum, III. i. Zaouié.

Isidis oppidum, III. i. Bah-beït.

Isinisca, I. v. Isen.

Istrianorum portus, I. ix. Kokzubi.

Isurium, I. iii. Ald-brough.

Itanus, I. vii. Palio-castro.

Ithagurus mons, II. viii. Hara-tabanan.

Iuenna, I. v. Lava-münt.

Juliacum, I. ii. Juliers.

Juliobriga, I. i. dans le Val de Viefo.

Juliomagus, I. v. Hohen-Twiel.

Juliopolis, II. iii. Kerker.

Juncaria, I. i. Jonquera.

Junonis Argivæ templ. I. vi. Gifoni.

Izannefopolis, II. iii. Naûfa.

L

LABICUM, I. vi. la Colonna.

Labula, I. vi. Torre di Rocca imperiale.

Lacaria, I. vi. Lancora.

Lacci & Lycomedis paludes, III. i. al-Bahraïn, ou les deux mers.

Laciacum, I. v. Matt-fée.

Lactodurum, I. iii. Stony-Stretford.

Lacus Beberaci, II. iii. lac Katounieh.

Lacus Felicis, I. v. Pilis.

Lacus Regius, III. iii. lac Salé.

Lagentium, I. iii. Caftford.

Lagyra, I. viii. Ialta.

Laminium, I. i. Alhambra.

Lampra, I. vii. Lambra.

H v

Langobriga, I. I. a-Feira.

Lapidei campi, I. II. la Crau.

Larga, I. II. Latgitzen.

Lariſſa, II. I. Larufar.

Larymna, I. VIII. Larym.

Latara, I. II. Lates.

Lavatræ, I. III. Bowes.

Laviſco, I. II. Laiſſe.

Laurentum, I. VI. Torre di Paterno.

Lebenus portus, I. VII. Paleo-molo.

Lebinthus inſ. I. VII. Levita.

Lebonah, II. III. Leban.

Lechæum, I. VII. Palagio.

Lectoce (ad) I. II. Lez.

Lederata, I. VIII. Vi-palanka.

Ledus fl. I. II. Lez.

Lemincum, I. II. Lémens.

Leon prom. I. VII. Capo Lionda.

Lepſia inſ. II. I. Lipſo.

Lerina inſ. I. II. Lérin.

Lero inſ. I. II. Sainte Marguerite.

Leſora mons, I. II. Lauſér.

Leſura fl. I. II. Leſer.

Lethæus fl. I. VII. Malogniti.

Letoa inf. I. VII. Gaidurogniffa.

Levaci, I. II. fur la Liéve.

Leuca, I. VI. Santa-Maria di Leuca.

Leucarum, I. III. Logher.

Leucata, I. II. Leucate.

Leucata prom. I. VII. Capo Ducato.

Leuceris, I. VI. Loveré.

Leuci montes, I. VII. Monti Leuci.

Leucolla, II. III. Lucola.

Leuco-petra, I. VI. Capo Pittaro.

Leuctra, I. VII. Livadoftro.

Leucymna prom. I. VII. Ponta d'Alef-
chimo.

Leufaba, I. V. Jaicza.

Libarna, I. VI. Caftel Arqua.

Libero, I. VI. Viveroné.

Licades infulæ, I. VII. Litada.

Limnæa, I. VII. Vonizza.

Limonia, II. III. Limna.

Liquentia fl. I. VI. Livenza.

Lifta, I. VI. Monte de Lifta.

Litabrum, I. I. Buitrago.

Litamum, I. V. Lutach.

Litanobriga, I. II. Creil, fi ce n'eft pas

Pont Sainte - Maxence.

Liternum, I. VI. Patria.

Locanus fl. VI. Lorano.

Locra fl. I. VI. Talavo.

Lumberi, I. I. Lumbier.

Loncium, I. V. Liencz.

Londobris inf. I. I. Berlinga.

Lopadusa inf. III. III. Lampedusa.

Lopofagium, I. II. Luciol.

Lorium, I. VI. Caftel-Guido.

Lofa, I. II. Leche.

Lotum, I. II. Caudebec.

Lucus Augufti, I. II. Luc.

Lucus Bormani, I. VI. Diano.

Lucus Feroniæ, I. VI. Petra-Santa.

Lucus Minervæ, I. VI. Minorvino.

Lugio, I. V. Ugin.

Lunarium prom. I. I. Peniché.

Lupodunum, I. IV. Ladenburg.

Luffunium (*Illyr.*) I. V. Colaffin.

Luffunium (*Pann.*) I. V. Foldwar.

Luxovium, I. II. Luxeu.

Lybum, II. III. Lubon.

Lycus fl. I. VIII. Berda.

Lydias, II. III. Leja.
Lyrnatia , II. I. Ernatia.

M

MACARIA , II. III. veſtiges.
Macella , I. VI. Calta-Buſamar.
Machœrus , II. III. Maſera.
Macolicum , I. III. Kil-Malloc.
Macri , III. III. Mugra.
Madviacis , I. III. Maidſtone ,
Mædiam (ad) I. VIII. Meadia.
Magia , I. V. Maïen-feld.
Magiovinnum , I. III. Dunſtable.
Magnis , I. III. Old-Radnor.
Magrada fl. I. II. Bidaſſoa.
Malana , II. VI. Malan.
Malanga , II. IX. Kandegheri.
Malao , III. II. Barbora.
Malea prom. II. I. Cap Sainte-Marie.
Malthace inſ. I. VII. Samatraki.
Mancunium , I. III. Mancheſter.
Mandubii , I. II. territoire d'Aliſe.
Mandueſſedum , I. III. Manceſter.

Manduria, I. vi. près de Casal-nuevo.

Manliana, I. vi. Felonica.

Manliana, I. vi. Monte Pulciano, ou aux environs.

Mantala, I. ii. Montailleu.

Mantinium, II. i. Menkin.

Marcelliana, I. vi. Magliano.

Marci, I. ii. Marck.

Marcina, I. vi. Scala.

Marcodurum, I. ii. Durem.

Marcomagus, I. ii. Marmagen.

Marea, III. i. Mariou.

Margidunum, I. iii. Bever-castle.

Marianum opp. & prem. I. vi. Bonifacio.

Marium, II. iii. Mariou.

Marrubium, I. vi. San-Benedetto.

Marta fl. I. vi. Marta.

Martialis, I. ii. Volvic.

Martis (ad) I. vi. Oulx.

Masœtica, II. viii. Kanushler.

Massalia fl. I. vii. Megalo-potamo.

Massava, I. ii. Mesve.

Massa Veternensis, I. vi. Massa.

Massicus mons, I. vi. Monte Massico.

Maſtiacum , I. v. Mieſpach.

Maſtuſia prom. I. VIII. Capo Greco.

Mateola , I. VI. Motola.

Matilica , I. VI. Matelica.

Matinum , I. VI. Matino.

Matreium , I. v. Matrei.

Matrice , I. v. Baſſicz.

Matrinum , I. VI. Monte Silvano.

Matuſaro , I. I. Ponte do Sor.

Medera , II. III. Marra.

Mediolanum (*in Bitur.*) I. II. Château Meillan.

Mediolanum (*in Menap.*) I. II. Moylant.

Mediolanum (*in Seguſ.*) II. II. Meys.

Mediolanum , I. III. Mey-wood.

Medma , I. VI. ſur le fl. Meſuna.

Medoacus major fl. I. VI. Brenta.

Medocus minor , I. VI. Bachiglione.

Medulli , I. II. dans la Morienne.

Meduantum , I. II. Moyen.

Megala inſ. II. I. Antigona.

Mela fl. I. VI. Mela.

Melæna prom. (*Chii*) II. I. San-Nicolo.

Melantias , I. VIII. Ponte-grande.

Meldi , I. II. Meld-felt.

Melitæa , I. VII. Melitia.

Mellaria , I. I. Fuente-ovejuna.

Mellofedum , I. II. Mizouin.

Melphes fl. I. VI. Melfé.

Membro , III. III. Merz-el-Wed.

Memini , I. II. aux environs de Forcalquier.

Mentefa Baftitana , I. I. San - Thomé
près de Cazorla.

Mentefa Oretana , I. I. Benataez près de
Segura.

Merula fl. I. VI. Arofcia.

Mefe inf. I. II. Porteroz.

Mefua , I. II. Mefe.

Metalla , I. VI. Villa de Iglefias.

Metallum , I. VII. Matala.

Metapina inf. & Metapenum oftium , I. II.
Tanpan.

Metaurus fl. I. VI. Metauro.

Metana , I. VII. Methone.

Methymna (*Cretæ*) I. VII. Temeni.

Mevania , I. VI. Bevagna.

Mevaniola , I. vi. Galeata.

Midea , I. vii. Palamida.

Miletus (*Cretæ*) vii. Milo-potamo.

Minariacum , I. ii. Efterre.

Minaticum , I. ii. Nizi-le-Comte.

Minervæ prom. I. vi. Capo della Miner-væ, o Campanello.

Minervium (*Gall. Cifalp.*) I. vi. Mener-bio.

Minnodunum , I. ii. Moudon.

Minoa (*Cretæ*) I. vii. Spina-longa.

Minoa (*Lacon.*) I. vii. Napoli de Mal-vafie.

Mirobriga (*Bœt.*) I. i. Capilla.

Mirobriga (*Lufit.*) I. i. Odemira.

Mifenum prom. I. vi. Capo Mifeno.

Miffua , III. iii. Sidi-Doud.

Mifus fl. I. vi. Mufoné.

Mithridatium , II. i. Hufein-abad.

Mnyzus , II. i. Aiash.

Momemphis , III. i. Menuf.

Momoaffus , II. i. Mamut-Kan.

Monaius fl. I. vi. Pollina.

Monavia, ii. Wexford.

Monesi, I. II. Monein.

Monilia, I. VI. Rapallo.

Mons Brisiacus, I. II. Brisac, autrefois sur la rive gauche du Rhin.

Mons Seleucus, I. II. la Bâtie - Mont-Saleon.

Mons Silicis, I. VI. Moncelesé.

Morbium, I. III. Mōresby.

Morginnum, I. II. Moiran.

Moricambe Æstuar, I. III. Can riv.

Mosa, I. II. Meuvi.

Mosiates, I. V. val Maggia.

Motya, I. VI. il Burrone dans l'isle de Saint-Pantaleon.

Motyca, I. VI. Modica.

Municipium, I. VIII. Kulla.

Muranum, I. VI. Morano.

Murgentium, I. VI. Ergetio.

Murium, I. V. Muerhau.

Mursella, I. V. Marczal.

Mursella (ou *Mursa minor*, près de *Mursa*.) I. V. Darda.

Murus, I. V. Maira.

Murus Cæsaris, I. V. entre Genève &

Chuſe, ſur la rive gauche du Rhône.

Muſon, III. 1. Shek-Fadlé.

Mutila, I. vi. Medolino.

Mutilum, I. vi. Modigliana.

Mychus portus & Bulis, I. vii. Heracé.

Myonneſus, II. 1. Ialanghi-liman.

Myrina, II. 1. Sanderlic.

Myriophyton, I. viii. Myriofyto.

Myrmecium, I. ix. Ieni-Kalé.

Mytiſtratum, I. vi. Miſtretta.

N

NABIUS vel Navilubius fl. I. 1. R. de Navia ou Rio Eu.

Nadubendagar, II. ix. Batnir ou Bando.

Naharra, II. 11. Siai-Barema.

Naim, II. iii. Naïm.

Nares, I. vi. Selva Nera.

Naſium, I. 11. Nas ou Nais.

Natiolum, I. vi. Giovenazzo.

Natiſo fl. I. vi. Natiſoné.

Nauſtathmus, I. vi. Porto Lognina.

Nauſtathmus, III. 1. Bondaria.

Naxus, I. vɪ. Caſtel-Schiſſo.

Neætho, I. vɪ. Rocca di Noto.

Neapolis, II. ɪ. Napli.

Nee, II. ɪ. Nioi.

Nehalennia dea, I. ɪɪ. Weſt-Capel en Walkeren.

Nelcynda, II. ɪx. dans le Sunda.

Nemaloni, I. ɪɪ. Meolans.

Nemeſa fl. I. ɪɪ. Nyms.

Nemetobriga, I. ɪ. Neboa.

Nepet, I. vɪ. Nepi.

Nepite, I. vɪ. Pizzo.

Neronia, I. vɪ. Codigoro.

Nertobriga (*Tarrac.*) I. ɪ. Ricla.

Nertobriga (*Bæt.*) I. ɪ. Frexenal.

Nerulum, I. vɪ. Caſtelluccio.

Neruſi, I. ɪɪ. territoire de Vence.

Neſactum, I. vɪ. Vranakſa.

Neſus, I. vɪɪ. Aſſo.

Nicæ, I. vɪɪɪ. Apſa, ou un lieu voiſin.

Nicæa (*Maced.*) I. vɪɪ. Nikia.

Nicæa (*Locrid.*) I. vɪɪ. Niſſa.

Nicaſia inſ. I. vɪɪ. Racha.

Nicia fl. I. vɪ. Lenza.

Nicopolis ad Hæmum , I. VII. Ternobo.

Nidum , I. III. Neath.

Nilopolis , III. I. Meidon.

Nioi , II. VII. Neubendam.

Nitri fodinæ duæ , II. I. Nedebé & Sedé.

Noæ , I. VI. Noara.

Næomagus , I. II. Vez.

Nomentum , I. VI. Lamentana.

Norba (*Latii*) I. VI. veſtiges près de Norma.

Norba (*Apul.*) I. VI. Caſtellano.

Noreia , I. V. Saint-Leonhard.

Novana , I. VI. Monte Novano.

Novas (*ad*) I. VI. Caſtel-novo.

Novimagus , I. II. Neuchâteau.

Noviodunum , I. II. Nevers.

Noviodunum (*in Bitur.*) I. II. Nouan.

Noviomagus (*in Batav.*) I. II. Nimegue.

Noviomagus (*in Trever.*) I. II. Numagen.

Noviomagus (*in Rem.*) I. II. Neuville.

Noviomagus (*in Verom.*) I. II. Noyon.

Noviomagus (*in Bitur. Viv.*) I. II. Caſ-
telnau de Medoc.

Novioregum , I. II. Royan.

Nuceria, I. vɪ. Luzara.

Numana, I. vɪ. Humana.

Nymphæum, I. vɪɪ. Cap Palo.

Nymphæum, I. ɪx. Calati.

Nymphæum prom. I. vɪɪ. Cap Nymphe.

Nymphæus portus, I. vɪ. Porto Conti.

Nyſæa, I. vɪɪ. Dodeca ecclefia.

O

OBEIDIA, II. ɪɪɪ. Obeidia.

Obringa fl. I. ɪɪ. Ahr.

Ocellum Durii, I. ɪ. Fermofello.

Ocellum prom. I. ɪɪɪ. Kel-neff, & Spiern-head.

Ocinarus fl. I. vɪ. Riv. de Sainte-Eufe-mie.

Ocriculum, I. vɪ. Otricoli.

Octapitarum prom. I. ɪɪɪ. S. Davids-head.

Octodurus, I. ɪɪ. Martigni.

Octogefa, I. ɪ. Mequinença.

Odeſſus, I. ɪx. Plage de Bérezen.

Œanthe, I. vɪɪ. Pentagi.

Œaſo, I. ɪ. Irun.

Œnuſſæ inſulæ, II. I. Spalmadori.

Œſima, I. VII. vieille Cavale.

Œtylos, I. VII. Betylo.

Oglaſa inſ. I. VI. Monte Chriſto.

Olabus, II. III. Zawieh.

Olbia, I. II. l'Eoube.

Olenacum, I. III. Elen-borough.

Olicana, I. III. Ilkley.

Olino, I. II. Holé.

Oliva, III. III. Kuko.

Olivula portus, I. II. port de Villefranche.

Olpæ, I. VII. Forte-Caſtri.

Olûs, I. VII. Leopetra.

Ombro fl. I. VI. Ambra.

Oncheſmus, I. VII. Agioi-ſaranta.

Oneii montes, I. VII. Paleo-vouni.

Onignatos (mâchoire d'âne.) I. VII. Iſle de Cervi.

Onobula fl. I. VI. Cantara.

Onobuſates, I. II. Neboufan.

Ophis fl. II. I. Ouf.

Ophiuſa inſ. II. I. Afzia.

Ophrynium, II. I. Renn-keui.

Opinum, I. vi. Oppido.

Opisus, I. viii. Iopsus.

Opone, III. ii. Bandel-Caus.

Oppidum novum, I. ii. Naye.

Orgus fl. I. vi. Orco.

Origiacum, I. ii. Orchie.

Orminius mons, II. i. Tcheleh-dag.

Ornython polis (ville des Oiseaux) II. iii. Elurbi.

Orobis fl. I. ii. Orb.

Orolaunum, I. ii. Arlon.

Oromarsaci, I. ii. Terre de Mark.

Oropus, I. vii. Oropo.

Orthosias, II. i. Ortaki.

Orthura, II. ix. Tiru-shira-pali.

Ortona, I. vi. Ortona.

Osæa, I. vi. Torre d'Osa près d'Oristagni.

Oscineium, I. ii. Esquiés.

Osones, I. v. Vason.

Osquidates, I. ii. vallée d'Ossau.

Ostra, I. vi. Corinaldo.

Othonos vel Calypsus insulæ, I. vii. Fanu & Merlera.

Ottorocorra,

Ottorocorra, II. VIII. Sori.
Oxinia fl. II. I. Eukſineh.
Oxybii, I. I. entre Fréjus & Antibes.

P

PACTYÆ, I. VIII. Saint-George.
Padinum, I. VI. Bondeno.
Pæmani, I. II. Famine.
Pagræ portus, II. VIII. Koddos-limen.
Palæ-Paphos, II. III. Coclia.
Palatium, I. II. Pfaltz.
Palenus mons, I. VI. Monte Maiella.
   Templ. Jovis Paleni, Pallena.
Palica, I. VI. Occhiola.
Palinurum prom. I. VI. Capo Palinuro.
Paliurus fl. III. I. Nahil.
Palla, I. VI. Capo Pertuſato.
Palle, I. VII. Lixuri.
Pallia fl. I. VI. Paglia.
Pandataria inſ. I. VI. Vento-tiené.
Pannonius mons, I. V. Bacon.
Panormus (*Epiri*) I. VII. Panormo.
Panormus (*Atticæ*) I. VII. Porto Raphti.
   Tome III.   I

Panormus (*Achaiæ*) I. VII. Pteloias-limen.

Panormus (*Cretæ*) I. VII. Porto Tigani ou Aspro-limionés.

Panormus, II. I. Panormo.

Pantomatrïum, I. VII. Porpatumeno.

Panysus fl. I. VIII. Daphné-soui.

Papera, II. IX. Sotopapara.

Papulum, I. VI. Papilonis.

Parentium, I. VI. Parenzo.

Parnes mons, I. VII. Casha.

Parolissus, I. VIII. Leés.

Paropus, I. VI. Collisano.

Parthanum, I. V. Parten-kirk.

Parthenium prom. I. IX. Eski Fouroun.

Parthenium, I. IX. Casan-dip.

Parthinicum, I. VI. Partinico.

Parthus, I. VII. Petrella.

Parueti montes, II. IX. montagnes des Pervians.

Parvum littus, III. II. Bandel-velho, ou le vieux Port.

Pasira, II. VI. Paskin.

Passalæ, II. IX. Persilis.

Paſſaro, I. VII. Rogun.

Paſtona, II. II. Paſtek.

Patavisſa, I. VIII. Tovis.

Paternum, I. VI. Cariati vecchio.

Paula, I. VI. Porto Pollo.

Paulon fl. I. II. Paglion.

Pauſulæ, I. VI. Monte dell' Olmo.

Paxus inſulæ, I. VII. Paxo & Anti-Paxo.

Paxus fl. I. VIII. Gaſi.

Pedalium promont. II. III. Capo de la Griega.

Pelſo lacus, I. V. Neuſidler-ſée.

Peltuinum, I. VI. Civita Aquana.

Penni lucus, I. II. Penne.

Pennocrucium, I. III. Penkridge.

Pentelicus mons, I. VII. Pentéli.

Peparethus inſ. I. VII. Pelagniſi & Piperi.

Percote, II. I. Bergaſe.

Pergantium, I. II. Brégançon.

Perguſa lacus, I. VI. Lago di Fondiro.

Peripolium, I. VI. Amendolaia.

Perniciacum, I. II. Prenchon.

Pertuſa, I. I. Pertuſa.

I ij

Pesla, III. 1. Kusseir.

Petaliæ insulæ, I. VII. Cavaléri.

Petinesca, I. II. Bienne.

Petra, II. II. Copolet.

Petra sanguinis, I. VI. la Dirupta.

Petras portus, III. 1. Tabarca ou Tra-
buco.

Petrina, I. VI. San-Giovanne.

Petromantalum, I. II. Magni.

Petronii vicus, I. II. Pertuis.

Petuaria, I. III. Brough au passage de
l'Humbe.

Phagroriopolis, III. 1. Vacaria.

Phalacrine, I. VI. Val Falacrina.

Phalacrum prom. I. VI. Rasiculmo.

Phalacrum prom. I. VII. Cap Fidari.

Phalasarna, I. VII. Sfinari.

Phalasia prom. I. VII. Cap Phalasia.

Phanæ porrus & prom. II. 1. Mastico.

Pharmacusa ins. II. 1. Fermaco.

Phasaelis, II. III. Phaselon.

Pheræ, I. VII. Pherés.

Philosophiana, I. VI. près de Piazza.

Phintia, I. VI. Alicata.

Phison, II. 11. Feisoun.

Phlius (*Argol.*) I. vii. Drepano.

Phœnice, I. vii. Sopoto.

Phœnicodes inf. I. vi. Felicudi.

Phœnicus portus, I. vi. Fondo di Mosche.

Phœnix portus, I. vii. Sfacchia.

Phœnix, II. i. Port Cavalier.

Phreata, II. i. Kara-bignar.

Phrurium prom. II. iii. Capo Bianco.

Piguentum, I. vi. Pisin.

Pineum, I. viii. Gradisca.

Pineus fl. I. viii. Pek.

Pirum (*ad*) I. vi. Pir-baumer Wald.

Pirus tortus, I. v. Perschling.

Pisavæ, I. ii. Pelissane.

Pisaurus fl. I. vi. Foglia.

Piscenæ, I. ii. Pesenas.

Pisida, II. viii. Oramtchi.

Pitinum, I. vi. Torre di Pitino.

Pityeia, II. i. Actiés.

Pityndra, II. ix. Sher-Bider.

Pityonnesus, I. vii. Angistri.

Pitys fl. II. ii. Copou.

I iij

Pityusa inf. I. VII. Isle du port Tolon.

Pityusa inf. II. I. Prinkipos.

Planasia inf. I. VI. Pianosa.

Plateæ, I. VII. Cocla.

Platanus, II. III. Blatanous.

Plumbaria inf. I. VI. Sant-Antioco.

Pocrinium, I. II. Perrigni.

Polaticum prom. I. VI. Ponta Promontorio.

Pollupice, I. VI. Bozzolo près de Finale.

Pompeii, I. VI. Torre dell' Annunciata.

Pomponiana, I. II. Giens.

Pons Ærarius, I. II. Bellegarde.

Pons Argenteus, I. II. sur l'Argents.

Pons Augusti, I. VIII. passage de la riv. de Bistra, près de la Porte de Fer.

Pons Aureoli, I. VI. Pontiruolo.

Pons Drusi, I. V. Bolzano.

Pons Dubis, I. II. Pontoux.

Pons Ises, I. V. Kerelspach au passage de l'Ips.

Pons Liquentiæ, I. VI. Motta sur Levenza.

Pons Mosæ, I. II. Mastrict.

Pons Saravi, I. II. Sarbourg.

Pons Scaldis, I. 11. Efcaut-pont.

Pontamus, II. 1. Tuzla.

Pontes, I. 1. Ponte-vedra.

Pontes, I. 11. Ponches.

Pontes longi, I. 1 v. fur le marais de Bourtang.

Ponte Secies, I. vi. la Secchia.

Pontes Teffenii, I. v. Dieffen.

Porcifera fl. I. vi. Pocevra.

Poretus fl. I. ix. Mius.

Porfuli, I. viii. Pergamar.

Porthmus, I. vii. Porto Bufalo.

Porticenfes, I. vi. Porto Cavallo.

Portus, I. vi. Empoli.

Portus Abucini, I. 11. Port fur Saône.

Portus Adurni, I. 111. Adur riv. & Port-Stade.

Portus Æpatiaci, I. 11. près de Blanken-berg.

Portus ad Cetaria, I. vi. Lac d'Orbitelle.

Portus Delfini, I. vi. Porto Fino.

Portus Gaditanus, I. 1. Puerto-real.

Portus Garnæ, I. 1. Torre di Varano.

Portus Hannibalis, I. 1. Portimaô.

Portus Herculis (*Bruttii*) I. vi. Formi-
cole.

Portus Herculis (*Sard.*) I. vi. Malfata.

Portus Magnus, I. iii. Port-chefter, au
fond de Portsmouth.

Portus Mauritii, I. vi. Porto Mauritio.

Portus Longus, I. vi. Porto Longone.

Portus Oreftis, I. vi. Porto Ravagofo.

Portus Veneris, I. ii. Port-Vendres.

Portus Victoriæ, I. i. Sant-Ander.

Pofidium prom. I. vi. Capo dell' Ifola.

Pofidium (*in Propont.*) II. i. Bouz-bou-
run.

Pofidium (*Milefior.*) *prom.* II. i. Cap de
l'Arbre.

Pofidium, II. iii. Poffidi.

Potentia, I. vi. Porto di Recanati.

Præfidium, I. i. Caftro Leboreiro.

Præfidium, I. vi. Torraccia.

Præfidium Pompeii, I. viii. Alexintza.

Præfidium (*in Tripol.*) III. iii. Cala
Ferrata.

Præfidium (*in Afr.*) III. iii. Tour des
Romains.

Prætorium Agrippinæ, I. II. Roomburg.

Prætorium (*in Aquit.*) I. II. Mont de Jouer.

Prætorium, I. III. Patrington.

Prætorium Latovicorum, I. V. Thurn.

Prætorium (*in Saviâ*) I. V. Kraljova velika.

Prætorium (*in Dalmat.*) I. V. Traû vecchio.

Prætorium (*in Dac.*) I. VIII. Ruska.

Prætorium (*Dac. ad Alut.*) I. VIII. Isola.

Prasos, I. VII. Praſſus.

Prilis lacus, I. VI. Lago di Caſtiglione.

Prion fl. II. IV. Prim.

Privernum, I. VI. Piperno vecchio.

Prochyta inſ. I. VI. Procita.

Prolaqueum, I. VI. Pioraco.

Promontorium Album, II. III. Cap Blanc.

Pronea fl. I. II. Prum.

Pronectus, II. I. Karamuſal.

Prote inſ. I. II. Porqueroles.

Prote inſ. (*ad Meſſen.*) I. VII. Prodano.

Prote inſ. (*ad. Ithac.*) I. VII. Iotaco.

I v

Psacum prom. I. VII. Cap Busa.

Psamathus, I. VII. Psamathia ou Porto Quaglié.

Psatis, II. VIII. Bissuga.

Psyra, II. I. Ipsera.

Ptolemais, III. I. Illahun.

Publicanos (ad) I. II. Hôpital de Conflans.

Pucinum, I. VI. Duino.

Pulchrum prom. III. III. Ras Afran.

Punicum, I. VI. Santa - Marinella.

Puteal, I. I. Fontaine d'où sortent des barbeaux.

Pyrenæum prom. I. I. Cap de Creus.

Pyrgos, I. VI. Torre di Santa-Severa.

Pyrina, I. VI. Vicari.

Pyrrha, II. I. Palatsia.

Pyxus prom. I. VI. Capo Lanfresco.

Q

QUADRATÆ, I. VI. Verrue.

Quadratum, I. V. Kerestinetz.

Quætus fl. I. VI. Quieto.

Quariates, I. ii. Queiras.

Quartenfis locus, I. ii. Quarte.

Quintiana, I. v. Quintzen.

Q. verfu dic. n. e. Quod verfu dicere non eft *Horace.*

R

RAGONDO, I. v. Dran fluff.

Rama, I. ii. Rama.

Rapida caftra, III. iii. Coleah.

Rarapia, I. i. Ferrera.

Ratæ, I. iii. Leicefter.

Raunathi, II. iv. Rouiné.

Rauranum, I. ii. Rom.

Refugium Apollinis, I. vi. Porto Longobardo.

Refugium Gelæ, I. vi. Terra nova.

Regia altera, I. iii. Limerick.

Regia, II. iii. Sejour.

Regina, I. i. Reyua près de Llerena.

Reginea, I. ii. Erquies.

Regium, I. viii. Ponte piccolo.

Regnum, I. iii. Ring-wood.

Regulbium, I. iii. Reculver.

I vj.

Rerigonium, I. III. Stranraver.

Rhabana, II. IX. Aihen.

Rhæteum, II. I. vestiges.

Rhamnus, I. VII. Tauro-castro.

Rhandamacotta, II. IX. Porselouc.

Rhatacensii, I. VIII. Radauz.

Rhebas fl. II. I. Riva.

Rhetico mons, I. IV. Rothaur.

Rhium prom. I. VI. Sanguinara.

Rhode, F. I. Roses.

Rhodius fl. II. I. riv. des Dardanelles.

Rhombites magnus, II. VIII. Ieissé.

Rhotanus fl. I. VI. Tavignano.

Ricciacum, I. II. Remick.

Ricina, I. VI. ruiné di Ricina.

Rigodulum, I. II. Reol.

Rigomagus, I. II. Rimagen.

Rigomagus, I. VI. Rinco.

Riobe, I. II. Orbi.

Ritumagus, I. II. Radepont.

Roboretum, I. I. Rebordaes.

Robrica, I. I. Ponts de Longué.

Robur, I. II. Burg dans la ville de Basle.

Rodium, I. II. Roie-église.

Rogonis , II. VI. Bender Regh.

Romanorum ager. II. III. Rumeil.

Romatinus fl. I. VI. Limene.

Romula , I. V. Land-ſtraſſ.

Romula , I. VI. Biſaccio.

Roſcia navale , I. VI. Torre di Ruſſano.

Roſologiacum , II. I. Djashenkir.

Rubi , I. VI. Ruvo.

Rubreſus lacus , I. II. Etang de Sigean.

Rufiana , I. II. Rufach.

Rufræ , I. VI. la coſta Rufaria à Preſenzano.

Rufrium , I. VI. Ruvo.

Ruſgunia , III. III. Ras-el-Amush.

Ruſipiſir , III. III. au Cap Matifou.

Ruſticiana , I. I. la Corchuela.

Rutuba fl. I. VI. Roja.

Rutunium , I. III. Rowton.

S.

SABANIS , II. I. Seabancori.

Sabate , I. VI. veſtiges près de Bracciano.

Sabatus fl. I. VI. Sabato.

Sabi, III. III. el Meſilah.

Sabium, I. VI. Sabio.

Sablones, I. II. int-Sand.

Sabus, II. I. Sepouh.

Sacer portus, II. VIII. Ghelendgik-limen.

Sœpinum, I. VI. Supino.

Salabria, II. I. Abriz.

Salamis nova, I. VII. Coluri.

Salaria, I. I. Chinchilla.

Salathi, III. IV. Tegaza, où ſont des mines de Sel.

Saldenſii, I. VIII. diſtrict de Tergo-zyl.

Salebro, I. VI. Buriano.

Salicenæ, I. V. Sale-var.

Salinæ, I. V. Sale.

Salinæ, I. II. Seillans.

Salioclita, I. II. Saclas.

Saliſſo, I. II. Sultzbach.

Salle, I. V. Salom-var.

Salmone fl. I. II. Salme.

Salomacum, I. II. Sales.

Salſulæ, I. II. Salſes.

Salſum flumen, II. vi. Div-rud.

Saltici, I. i. mina de Sal.

Salvia, I. vi. Urbi-ſaglia.

Salvia, I. v. Hliuno.

Samara fl. I. ii. la Somme.

Samicum, I. vii. Neo-caſtro.

Sambracitanus ſinus, I. ii. Golfe de Grimaud.

Samidaces fl. II. vi. Kurkés.

Sanctio, I. x. Sekingen.

Sanda, I. i. Santona.

Sanitium, I. ii. Senez.

Santonum portus, I. ii. le Seudre.

Sapaudia, I. ii. d'où vient le nom de Savoie.

Sapha, II. ii. Safa.

Sapinia tribus, I. vi. Sciapiona.

Sapis fl. I. vi. Savio.

Sarmatæ, I. ii. Hundſruk.

Sarnus fl. I. vi. Sarno.

Sarraca, I. v. Sarca.

Sarrum, I. ii. Charmans.

Sarſina, I. vi. Sarſina.

Sartali, I. ii. Sarrant.

Safina portus, I. VI. Porto Sesaré.

Safo inf. I. VII. Safeno.

Saturnia, I. VI. Saturnia.

Savincates, I. II. Savines.

Savo, I. VI. Savone.

Savo fl. I. VI. Saôné.

Scandile inf. I. VII. Scangero.

Scarabantia, I. V. Edenburg.

Scarbia, I. V. Scharnitz.

Scarcapos, I. VI. Sarabus.

Scenæ Mandrarum, III. I. Holwan.

Scenæ Veteranorum, III. I. la Hank.

Schinuffa inf. I. VII. Skinofa.

Scingomagus, I. VI. Chamlat de Siguin.

Scione, I. VII. nouvelle Caffandre.

Scipionis monumentum, I. I. Sépulcro de Scipion.

Scodrus mons, I. V. Monte Sardonico.

Scombraria prom. I. I. Cap de Palos, ou bien Efcombrera plus près de Carthagène.

Scopelus, II. L. Koutali.

Scrupuli, I. VIII. Poretz.

Scydrus, I. VI. Citraro.

Scylace, II. 1. Siki.

Scylla, I. vi. Sciglio.

Scyronides petræ, I. vii. Kacifcala.

Sebatum, I. v. Sabs.

Secoani, II. iii. Sihoun.

Secor portus, I. ii. les Sables d'Olonne.

Segeffera, I. ii. Bar fur Aube.

Segefte, I. vi. Seftri di Levante.

Segni, I. ii. Sinei ou Signei.

Segobodium, I. ii. Seveux.

Segontia, I. i. Epila.

Segontium, I. iii. Carnarvan.

Segora, I. ii. Breffuire.

Segofa, I. ii. Efcouffé.

Seguftero, I. ii. Sifteron.

Selæ, III. i. Salehieh.

Selinus portus, III. i. Salona.

Semiramidis mons, I. vi. M. Elburz.

Semnum, I. vi. Latronico.

Sena fl. I. vi. Cefano.

Senan, II. iii. Afnoun.

Sentinum, I. vi. Saffo - Ferrato fur le Sentino.

Sepias prom. I. vii. Cap de Saint-George.

Sepomana, I. VI. Umago.

Septem Aræ, I. I. Arronchés.

Seræ, I. VII. Serés.

Serapeum, III. I. Dar-el-Soldan.

Sermanicomagus, I. II. Chermez.

Sermusa, II. I. Sounisa.

Serota, I. V. Ziget.

Serpa, I. I. Serpa.

Serviodunum, I. V. Straubing.

Servitium, I. V. Gradiska.

Sestinum, I. VI. Sestino.

Seteia Æstuarium, I. III. Dée River.

Setia, I. VI. Sezza.

Setius mons, I. II. Cette.

Setuci, I. II. Cayeux.

Sextantio, I. II. Soustantion près de Montpellier.

Siata inf. I. II. Houat.

Sibutzates, I. II. Sobusse.

Sibyllates, I. II. Soule.

Sicum, I. V. Castel-vecchio.

Sidolocum, I. II. Saulieu.

Sidrona, I. V. Belograd.

Sigeum prom. & opp. II. I. Cap Ieni-hisari.

Sigifa, I. 1. Ziezar.

Sigmanus fl. I. 11. Leyre, qui se rend dans le bassin d'Arcachon.

Signia, I. VI. Segni.

Sigodunum, I. IV. Sigen.

Siguen, III. 11. Dekin.

Sigus fl. I. IV. Sieg.

Silandos, II. 1. Selenti.

Silarus fl. (*Gall. Cisalp.*) I. VI. Selero.

Silici, II. V. Silek.

Silis fl. I. VI. Silé.

Silvium (*Apul.*) I. VI. il Gorgolioné.

Silvium, I. VI. Ca di Selva.

Simylla, II. IX. Semnat ou Saumnat.

Sinda, II. IX. Sini.

Sindicorum regia, II. VIII. Soundgik.

Sindo − canda, II. IX. Cotta près de Colombo.

Singa, II. III. Sinsja.

Singamis fl. II. 11. Heti-scari.

Singus, I. VII. Porto Figuero.

Sinus fl. VI. Senio.

Sinuessa, I. VI. Torre di Monte-Dragone.

Sinus ad Gradus, I. 11. qui reçoit les Graus du Rhône.

Siphris, II. 111. Der Saferañ.

Sipia, I. 11. Vi-feche.

Sipiberis, II. 1x. Pipri.

Sirenufæ infulæ. I. v1. Galina & Galli.

Sirio, I. 11. Pont de Ciron.

Siris fl. I. v1. Semno.

Siris vel Semnum, I. v1. Torre di Senna.

Sirmio, I. v1. Sermioné.

Sitacos fl. II. v1. Sita-reghian.

Sitillia, l. 11. Tiel.

Sitomagus, I. 111. Tet-ford.

Soana, I. v1. Soana.

Soana, II. 111. Sidonaia.

Solana, II. v111. Olañ.

Solimariaca, I. 11. Souloffe.

Soloentum, I. v1. Solanto.

Solua, I. v. Strigonie.

Sopiana, I. v. Szopia.

Sora, I. v1. Sora.

Sora, II. 1. Serret.

Soracte mons, I. v1. M. Saint-Orefte.

Sordicen ftagnum, I. 11. Etang de Leucate.

Sorviodunum, I. III. Old-farrum.

Sotiatum oppidum, I. II. Sos.

Spaneta, I. V. Szpanitz.

Sphæria vel Hiera inf. I. VII. Poro.

Speluncæ, I. VI. Sperlonga.

Spinæ, I. III. Speen.

Stabatio, I. II. le Monestiet.

Stabiæ, I. VI. Castel-à-mare di Stabia.

Stabulum (*ad*) I. II. Boulou.

Stagna Volcarum, I. II. Etangs de Tau, de Frontignan, de Maguelone, &c.

Staliocanus portus, I. II. Port Liocan.

Stanacum, I. V. Aln Schwent.

Statonia, I. VI. Castro.

Statuas (*ad*) I. V. Pacs.

Stenæ, I. VIII. Arxa-via.

Stiriate, I. V. Steir-ling.

Stiris, I. VII. Agio-Luca Stiriotes.

Stæchades minores, I. II. Ratoneau & Pomegue.

Stoma-limna, I. II. entrée de l'Etang de Martigues.

Stoni, I. V. Steneco.

Strapellum, I. VI. Rapolla.

Straviana, I. v. Oraovitza.

Strido, I. v. Strigo.

Strongyle inf. I. vi. Strongoli.

Strutunthum prom. I. vii. Cap Porraqua.

Stryma, I. viii. Stryma.

Stura fl. I. vi. Stura.

Sturni, I. vi. Oſtuni.

Styra, I. vii. Aſturi.

Suaſa, I. vi. Caſtel-leone.

Sublaqueum, I. vi. Subiaco.

Submontorium, I. v. Schroben-hauſen.

Subritum, I. vii. Slurito.

Sub-ſabione, I. v. Clauſan.

Suburbanum Gregoræ, II. ii. Surb-Gri-
gor.

Sucro, I. i. Cullera.

Suemus fl. I. viii. Uſum.

Sueſſula, I. vi. Seſſola.

Suetri, I. ii. aux environs de Seillans.

Sueta, II. iii. Tſuet.

Sulcis, I. vi. Ogliaſtro.

Sulgas fl. I. ii. Sorgue.

Sulis, I. ii. Seuel.

Sulleẟis, III. ii. Solecto.

Sulmo (*Latii*) I. VI. Sermonetta.

Summus lacus, I. V. Samolico.

Summus Pyrenæus, I. II. le plus oriental, Bellegarde.

Summus Pyrenæus, I. II. dans l'intervalle des deux autres, Port de Bernere.

Summus Pyrenæus, I. II. le plus occidental, Port d'Ibagnete dans le Val Carlos.

Superequum, I. VI. Subrequo.

Sura fl. I. II. Sour.

Sura, II. II. Sourami.

Sarcatha, II. III. Sarcad.

Surrentum, I. VI. Sorrento.

Sutrium, I. VI. Sutri.

Sybaris fl. Coscile ou Sibari.

Sylla, I. VI. Squilli.

Symbolorum portus, I. IX. Port de Koslevé.

Syme inf. II. I. Symi.

Syracusanus portus, I. VI. Golfe de Santa-Manza.

Syrasella, I. VIII. Serous-Keui.

T

Tabæ, I. vi. Tavi.

Tabernæ, I. ii. Elfaff - Zabern, ou Saverne.

Tabernæ, I. ii. Rhin-Zabern.

Tabernæ, I. ii. Bern-caftel fur la Mofelle.

Taberna frigida, I. vi. Frigido.

Tablæ, I. ii. Alblas.

Tabuda fl. I. ii. l'Efcaut vers fon embouchure.

Tacatya, III. iii. Tagodet.

Tacoræi, II. ix. Gor.

Tacofama fl. II. ix. Riv. d'Aracan.

Tacua fl. I. vi. Tuggia.

Tadinæ, I. vi. Gualdo.

Tadutti, III. iii. Tadut.

Tæarus fl. I. viii. Deara-deré.

Talcinum, I. vi. Talcini.

Tamagani, I. i. Amaranté fur le rio Tamega.

Tamara fluv. & Tamarici, I. i. Rio Tambré.

Tamara fl.

Tamara fl. I. III. Tamer.

Tamate, I. III. Tamerton.

Tamnum, I. II. Talmon.

Tamonti, II. I. Abu-Girgé.

Tamyrace prom. I. IX. Tandra.

Tanagra, I. VII. Scamino.

Tanetum, I. VI. Taneto.

Tarabenorum vicus, I. VI. Vico.

Tarasco, I. II. Tarascon.

Targinus fl. I. VI. Tacina.

Tarnadæ, I. II. Saint-Maurice.

Tarraga, I. I. Larraga.

Tartarus fl. I. VI. Tartaro.

Tarsuras fl. II. II. Ochum.

Tarus fl. I. VI. Taro.

Tarusates, I. II. Teursan ou Tursan.

Tarusconienses, I. II. Tarascon dans le
pays de Foix.

Tasbalta, III. III. Terfowa.

Tasciaca, I. II. Tesée.

Tasconi, I. II. Tescon, nom d'une
rivière près de Montauban.

Tatacene, II. VII. el-Tak.

Tavola fl. I. VI. Gualdo.

Tome *I I I*.   K

Taurasium, I. vi. Taurasi.

Tauriana, I. vi. Palma.

Tauri stagnum, I. ii. Etang de Tau.

Tauroentum, I. ii. Taurenti.

Taurus prom. I. vi. Capo di Santa-Croce.

Taxgetium, I. v. Tavetsch.

Tegna, I. ii. Tein.

Telamon, I. vi. Telamoné.

Teleboides insulæ, I. vii. Megalo-nisi, Candelle.

Telesia, I. vi. Telesé.

Telis fl. I. ii. la Tet.

Telonnum, I. ii. Toulon sur Arroux.

Temnos, II. i. Menimen.

Temno-theræ, II. i. Seiman.

Tempsa, I. vi. Torre di Nocera.

Terbunia, I. v. Trebigna.

Tergilum, I. vi. Tricarico.

Tergisonus fl. I. vi. Brenton vecchio.

Terias fl. I. vi. Taglia.

Terina, I. vi. Santa Eufemia.

Terinæus sinus, I. vi. Golfe de Sainte-Eufémie.

Terina, II. ii. Tergil.

Teſtrina, I. vi. Civita Tomaſſa.

Tetellus, I. vi. Oſpedaletto.

Tetius fl. II. iii. Teſio.

Tetriſias acra, I. viii. Kolegrah-bourun.

Tetus fl. I. ii. la Seu près d'Avranches.

Teucera, I. ii. Tièvre.

Teudurum, I. ii. Tudder.

Tekelia. I. iv. Teklenborg.

Theangela, II. i. Angeli & Karabaglar.

Thebaica Phylace, III. i. Tarut - Eſ-sherif.

Thecua, II. iii. Thecué.

Theganuſſa inſ. I. vii. Venetico.

Theopolis, I. ii. Theoux.

Theranda, I. v. Priſrend.

Theſpiæ, I. vii. Neocorio.

Thirza, II. iii. Tirza.

Thogara, II. viii. Sha-tcheû.

Thoricus, I. vii. Thorico.

Throana, II. viii. Toren-puric.

Throana, II. ix. Ligor.

Throni, II. ii. près du Cap Pila.

Thumata, II. iv. Daumat-al-Gendal.

Thura, II. iii. Catura.

K ij

Thyamis fl. I. VII. Calama.

Tiberiacum, I. II. Berghen.

Ticarius fl. I. VI. Valinco.

Tichis fl. I. II. la Tech.

Tifata mons, I. VI. Monti Tifati.

Tifernum Metaurense, I. VI. Sant-Angelo
   in Vado.

Tifernus fl. I. VI. Tiferno.

Tigulia, I. VI. Tegresa.

Tile, I. II. Til-le-Château.

Tiluri, I. V. Duaré.

Tiluta, II. III. Anatelbés.

Timena, II. I. Temeneh.

Tinconcium, I. II. Sancoins.

Tinna fl. I. VI. Tenna.

Tinnetio, I. V. Tenezoné.

Tinurtium, I. II. Tournus.

Tiparene inf. I. VII. Specie.

Tiriscum, I. VIII. Torocze.

Tiriftafis, I. VIII. Tiriftafi.

Tifalphata, II. III. Tel-apfar.

Titianus portus, I. VI. Tizzano.

Titium, I. VI. Argentera.

Titulcia, I. I. Illefcas.

Tobius fl. I. III. Towy.

Tolbiacum, I. II. Zulpick.

Tolentinum, I. VI. Tolentino.

Tollegatæ, I. VI. Talgato.

Tomarus mons, I. VII. Tomerit.

Tomerus fl. II. VI. Riv. d'Haur.

Tomisa, II. II. Tomseh.

Tora, I. VI. sur le Torano.

Tornates, I. II. Tournai.

Toum (duplex) III. I. el-Bueib.

Toxiandria, I. II. Teffender-loo.

Traeis fl. I. VI. Trionto.

Trajana inf. I. VI. Troian.

Trajectum, I. II. Utrect.

Trajectus, I. II. Pontous sur la Dordogne.

Trajectus, I. III. Briftol.

Trapeza prom. II. I. Pointe des Barbiers.

Trapezus, I. IX. Mankup.

Traufentum vel Claufentum, I. III. Sou-
thampton.

Treba, I. VI. Trevi.

Trebia, I. VI. Trevi.

Trebula Mutufca, I. VI. Monte-Leone
della Sabina.

K iij

Treia, I. VI. ruiné di Treia.

Tres insulæ, III. III. Zafarinés.

Treventum, I. VI. Trivento.

Trevidon, I. II. Treve.

Triare, II. II. Trialeti.

Tribunci, I. II. à l'embouchure du Lauter.

Tricefimæ, I. II. joignant *Vetera*, ou Santen.

Tricefimum (*ad*) I. VI. Trigefimo.

Tricorii, I. II. fur le Drac.

Tricornium, I. VIII. Kroska.

Trigifamum, I. V. Saint-Polten.

Triglyphus, II. IX. Aracan.

Trinafus, I. VII. Trinefia.

Trinius fl. I. VI. Trigno.

Trinomii, I. VII. Trinemiti.

Triobris fl. I. II. Trueyre.

Triocala, I. VI. Calta-bellotta.

Tripuntium, I. III. Dow-bridge.

Tritium, I. I. Tricio près de Najera.

Trivicum, I. VI. la Civita près de Trevico.

Triumpilini, I. VI. Val Tropia.

Trogilium prom. II. 1. Cap Sainte-Marie ou Samson.

Tropæa Augusti, I. 11. Turbia.

Tropæa Pompeii, I. 11. à Bellegarde.

Tubucci, I. 1. Punheté.

Tuerobis fl. I. 111. Tiewy.

Tuesis fl. I. 111. Twed.

Tuficum, I. v1. entre Matelica & Fabriano.

Tugeni, I. 11. Zug.

Tulingi, I. v. Stulingen.

Tuniha, III. 111. la Cale.

Turecionicum, I. 11. Ornacieu.

Turenum, I. v1. Trani.

Turissa, I. 1. Osteritz.

Turres, I. v1. Torre dell' Acqua-viva

Turres, I. v111. Pirot.

Turrim (*ad*) I. 11. Tourves.

Turris Cæsaris, I. v1. Mola.

Turris Constantini, I. v111. la Torre.

Turris ad Algam, III. 111. Tagiura.

Turrus fl. I. v1. Torre.

Turum, I. v. Truslern.

Tuscania, I. v1. Toscanella.

Tusculanum, I. vi. Toscolano.

Tyræa insf. I. vii. Stili.

Tyna fl. II. ix. Pener.

Tyndis fl. II. ix. Riv. de Narsapur ou de Venseron.

Tyracinæ, I. vi. Trahina.

Tyrambe, II. viii. Temruk.

Tyriæum, II. i. Artik-Kan.

V

VABAR, III. iii. Boberak.

Vacorium, I. v. Wagrain.

Vada Volaterrana, I. vi. Vada.

Vadicasses, I. ii. Valois.

Valentia, I. vi. Parte Valencia.

Valentiniani munimentum, I. iv. Manheim.

Valeponga, I. i. Albarrazin.

Valeriana, I. viii. Vadin.

Valetium, I. vi. vestiges de Balesa.

Vallacum, I. v. Weilnpach.

Vallis Cariniana, I. v. Rigna.

Vallis Rubricosa, III. i. plaine de l'Araba, ou des Chariots.

Vanesia, I. II. au passage de la Baïse.

Vannia, I. V. Breno.

Varadetum, I. II. Varade.

Varatedum, I. II. Vaires.

Varcia, I. II. Larrets.

Vardo fl. I. II. le Gardon.

Varia, I. I. Logroño.

Varia, I. VI. Vicovaro.

Variana, I. VIII. Sylauna.

Varis, I. III. Pot-vari.

Varus fl. I. II. le Var.

Varutha, II. II. Varzou-han.

Vastauna, II. II. Vastan.

Vatrenus fl. I. VI. Santerno.

Vatusium, I. II. Passi.

Ub...um, *Ublium*, I. II. Olbie.

Ulus fl. III. III. Seibus.

Uceni, I. II. Bourg d'Oisans.

Ucetia, I. II. Uzez.

Uci, III. III. Usef.

Veamini, I. II. Toramenos.

Vediantii, I. II. dans le dioc. de Nice.

Velatodurum, I. II. Pontpierre.

Velauni, I. II. Beuil.

K v.

Velinus fl. I. vi. Velino.

Velitræ, I. vi. Veletri.

Vellaunodunum, I. ii. Beaune.

Vemania, I. v. Wangen.

Venetus lacus, I. v. Boden-see.

Ventia, I. ii. Vinai.

Venus aurea, III. i. Geziret--Iddahab, ou Isle d'Or.

Vereis, I. v. Ver-falu.

Verbinum, I. ii. Vervins.

Verentum, I. vi. Valentano.

Veretum, I. vi. Verato.

Vergivium mare, I. ii. Weridh-more chez les Gallois, vulgairement Canal de Saint-George.

Verguni, I. ii. Vergons.

Vernodubrum flumen, I. ii. Verdoubre.

Vernosol, I. ii. Vernose.

Verulæ, I. vi. Veroli.

Verlucio, I. iii. Lek-ham.

Vernemetum, I. iii. Molton.

Verrucini, I. ii. Vérignon.

Vertacomicori, I. ii. Vercors.

Verteris, I. iii. Brough.

Vespasiæ. I. VI. Monte Vespio.

Vesperies, I. I. Bermeo.

Vesselli, I. V. Pols.

Vesubiani, I. II. Vesubia.

Vetoniana, I. V. Weihering.

Vettona, I. VI. Bettona ou Diruto.

Vetus Achaia, II. VIII. Soubashi.

Vetas Lazica, II. VIII. Mamai.

Vetus Salina, I. V. Erdt.

Vexala fl. I. III. Ivel.

Ufrenus fl. II. III. Ifrin.

Ugernum, I. II. Beaucaire, & la Gernegue.

Uggade, I. II. Pont de l'Arche.

Via fl. I. I. Rio Ulla.

Viberi, I. II. dans le haut du Wallais.

Vibi forum, I. VI. Castel-Fioré.

Vibinum, I. VI. Bovino.

Vicus Julius, I. III. Germesheim.

Vicus Spacorum, I. I. Vigo.

Vicus Varianus, I. VI. Bariano.

Vicus Virginis, I. VI. Varaggio.

Vidubia, I. II. Vouge.

Viducasses, I. II. Vieux.

Vilca, I. V. Bilsk.

K vj

Vindalium, I. II. Vedene.

Vindana portus, I. II. Navalo, à l'entrée du Mor-bihan.

Vindogladia, I. III. Win-born.

Vindomagus, I. II. le Vigan.

Vindomora, I. III. New-caftle.

Vindonis, I. III. Windfor.

Viniolæ, I. VI. la Vignola.

Vinovium, I. III. Bin-chefter.

Vintium, I. II. Vence.

Vipitenum, I. V. Strafperg.

Viraceium, I. VI. Vericolo.

Viriballum prom. I. VI. lo Garbo.

Virovefca, I. I. Birbiefca.

Viroviacum, I. II. Vervik.

Vifentum, I. VI. Bifenzo.

Vita, III. III. Veita.

Vitodurum, I. II. Vintertur.

Vitricium, I. VI. Verex.

Vivifcus, I. II. Vevai.

Ulcifia, I. V. Szent-Endré.

Ulia, I. I. Monte-mayor.

Ulterior portus, I. II. Calais.

Ululeus fl. I. VII. Argentea.

Umbranici, I. II. dont on a préfumé pouvoir infcrire le nom dans le Diocèſe de Caſtres.

Unſingis fl. I. IV. Hunſing.

Vocetiu mons, I. II. Boetz-berg.

Vodgoriacum, I. II. Voudrei.

Vordenſes, I. II. Gordes.

Voroda, I. III. Caer-Voran.

Vorogium, I. II. Vouroux.

Voſalia, I. II. Ober-Weſel.

Urba, I. II. Orbe.

Urbate, L. V. Yerbas.

Urbinum Metaurenſe, I. VI. Urbania.

Urcinium, I. VI. Ajaccio.

Urgao, I. I. Arjona.

Urgos vel Gorgon inſ. I. VI. Gorgona.

Uria (Apul.) & Urias ſinus, I. VI. Port & Golfe de Manfredonia.

Uria (Japyg.) I. VI. Oria.

Urſaria, I. VI. Oſſero.

Urſi portus, I. VI. el Orſo.

Urſoli, I. II. Saint-Valier.

Urunci, I. II. Rucſen.

Uſcana, I. VII. Dibra ſuperioré.

Usellis, I. VI. Usel.

Usilla, III. III. Insilla.

Ussubium, I. II. Urs.

Ustica inf. I. VI. Ustica ou Falconara.

Usuerva, I. II. Iourve.

Utis fl. I. VI. Montoné.

Utum, I. VIII. Vid.

Vulci, I. VI. Bucine.

Vulgientes, I. II. dans le Dioc. d'Apr.

Vulturnum, I. VI. Castello del Volturno.

Vungus vicus, I. I. Vonc.

Uxella, I. III. Lostwithiel.

Uxentum, I. VI. Ugento.

X

XIPHONIA, I. VI. Augusta.

Z

ZADAGASTA, II. VII. Zathag.

Zagora, II. I. Kezereh.

Zarex, I. VI. Zarix.

Zargidava, I. VIII. Orchei.

Zaualis, I. V. Zavalie.

Zephyrium prom. I. VII. Capo San-Zuane.

Zerna, I. VIII. Zerna.

Zerna fl I. VIII. Zerna.

Zernizerga, I. VIII. Arany-var.

Ziph, II. III. Zoph.

Zozopolis, II. I. Soufou.

Zygis portus, III. I. Lago Zegio.

DANS cette Nomenclature, qui peut ajouter beaucoup à l'utilité de l'ouvrage qu'elle termine, on a eu pour objet de satisfaire la curiosité que l'inspection des Cartes nécessaires à la lecture de cet ouvrage feroit naître, qui est de sçavoir quels sont les lieux correspondans actuellement à des positions données dans ces Cartes, indépendamment de ce qu'un abrégé permettoit d'admettre dans le corps de l'ouvrage même. En s'engageant dans cette recherche, on a cru que se borner à un choix étoit rendre moins de service au Public, que de multiplier les notions par le nombre d'articles que comprendroit cette Nomenclature. Rien de ſi commun quand il eſt queſtion d'un lieu ancien, que de voir demander quel eſt aujourd'hui le nom qui peut lui être propre, ou ſous lequel il eſt connu? Il y auroit même quelque inconvénient dans le choix, puiſqu'entre les lieux peu conſidérables en eux-mêmes, il s'en rencontre qui le deviennent par quelque rapport à des circonſtances hiſtoriques, ce qui met le plus grand intérêt à l'étude de l'ancienne Géographie. D'ailleurs, une indication de lieu eſt un témoignage d'en avoir recherché la place, quoique plus ou moins heureuſement. Beaucoup de lieux paroîtront ſe faire connoître, en conſervant leur nom, ſoit aſſez purement, ſoit avec de l'altération. On eſt inſtruit à l'égard de quelques autres, du remplacement d'un nom primitif par un nom poſtérieur. S'il y en a (car on ne veut point le diſſimuler) dont l'application n'eſt fondée que ſur une ſimple préſomption de convenance, par défaut de plus grande lumière, on peut aſſurer qu'ils ne font pas la quantité principale. Ce n'eſt au-reſte, qu'en ſe réſervant un pareil ſupplément, que l'auteur dans la compoſition de l'ouvrage, s'eſt abſtenu de traiter plus en détail quelques parties, ſur leſquelles il auroit eu fort à cœur de s'étendre davantage. Si l'on remarque de l'inégalité dans l'abondance des lieux d'un pays à un autre, & que la Grece par exemple, ou l'Aſie mineure, nonobſtant la plus grande célébrité, ſont moins riches en quelque manière dans cette Nomenclature, que l'Italie ou la Gaule, c'eſt faute d'une connoiſſance égale de ce que le local actuel & correſpondant feroit découvrir, mais qu'on ne peut guère ſe flatter d'acquérir. Comment feroit-on inſtruit autant qu'on le deſireroit dans l'étendue de pays moins connus, puiſqu'en ceux qui le ſont davantage, d'anciennes poſitions ne ſe retrouvent point ?

On s'eſt contenté, dans l'indication
de chaque lieu en particulier, de le rapporter à une des ſections, entre leſquelles ſont diſtribuées les différentes
parties de l'ouvrage. Comme il eſt ſup-
poſé, que c'eſt l'inſpection d'une Carte
qui fait deſirer de connoître un lieu
quelconque, la contrée à laquelle ce
lieu appartient eſt indiquée par cette
Carte même. Entrer dans ce détail par
écrit, eût été prendre le plan d'un Dictionnaire, plan fort différent de celui
du préſent ouvrage. L'utilité de l'un ne
conſiſte qu'à donner avec facilité quelque notion d'un point iſolé, & ſans
aucun enchaînement de connoiſſances :
l'autre, par cet enchaînement dans un
traité méthodique & ſuivi, a le pré-
cieux avantage de fournir un juſte aſſor-
timent de connoiſſances, qui lie & montre les rapports & dépendances des objets qu'embraſſe la Géographie. Mais
on peut ajouter ici, que le fond d'un
Dictionnaire s'y trouve compris, au

moyen de la Table générale qui doit
suivre, dans laquelle les lieux employés
dans le corps de l'ouvrage, & ceux de
la Nomenclature, seront rassemblés en
suivant l'ordre alphabéthique. Au-reste,
quelque nombreuse que soit cette Table,
on ne s'est point proposé de la charger
de tout ce que des Cartes peuvent donner de positions.

TABLE

COMPOSÉE DE NOMS DE PAYS,

En diſtinguant quelques-uns des
principaux par un caractere
majuſcule.

*Le chiffre romain fait la diſtinction des
Volumes.*

A

TABLE 239

Tome III.   L

M

O

P

S

T

V

Z

GRANDES MERS.

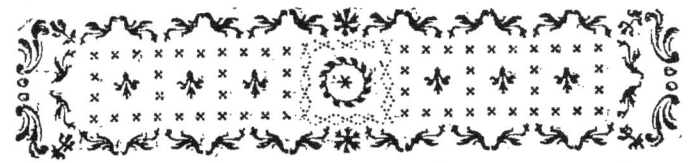

TABLE

DU LOCAL EN DÉTAIL,

Dans laquelle font compris, & diftingués par la lettre N, les lieux de la
Nomenclature, que l'ordre alphabé-
tique rend facile à confulter, de
même que l'indication des pages pour
les lieux du corps de l'Ouvrage les
fera trouver aifément.

*Le chiffre romain donne également ici la
diftinction des Volumes.*

L vj

Aſpendus,	II. 83	Aſtypalæa inſ.	I. 284
Aſphaltites lacus,	II. 154	Atacini,	N.
Aſphynis,	III. 36	Atalanta inſ.	N.
Aſpia fl.	N.	Atalantes-neſium,	N.
Aſpii,	II. 334	Atarbechis,	III. 14
Aſpis,	III. 41	Atax fl.	I. 57
Aſpis (Tarrac.)	N.	Ategua,	N.
Aſpis (Ioniæ)	N.	Atella,	N.
Aſpithra,	N.	Atellum,	N.
Aſſa Paulini,	N.	Aternum, & Aternus fl.	I. 195
Aſſaceni,	II. 335	Ateſte,	I. 184
Aſſiſium,	N.	Athamania,	I. 246
Aſſorus,	N.	Athenæ,	I. 260
Aſſus,	II. 16	Athenæ (in Ponto)	II. 37
Aſſus,	N.		
Aſſus (Thrac.)	N.	Athenopolis,	N.
Aſta,	I. 176	Atheſis fl.	I. 145. 183
Aſta regia,	I. 36	Athos mons,	I. 241
Aſtabena,	II. 294		II. 18
Aſtaboras fl.	III. 50	Athribis, & Athribiticus fl.	III. 19
Aſtacilis,	N.		
Aſtacus, & Aſtacenus Sinus,	II. 23	Atina (duplex)	N.
		Atlantis inſula. Ce qu'il en faut croire.	III. 122
Aſtacus,	N.	Atlas mons,	III. 109
Aſtæ, & Aſtica,	I. 298	Atlas major,	III. 114. 115
Aſtapa,	N.		
Aſtapus fl.	III. 50. 52	Atlas minor,	III. 114
Aſtelephus fl.	N.	Atrebates (Gall.)	I. 85
Aſtibus,	N.		
Aſtigis,	I. 35	Atrebates (Britan.)	I. 202
Aſtræus fl.	I. 246		
Aſtura,	N.	Atrax,	N.
Aſtures,	I. 20	Atropatena,	II. 233
Aſturica Auguſta,	I. 20	Attacum,	N.

Tome III. M

M ij

M iij

Tome III. N

N iij

Gefonia, N.
Geforiacum, vel Bo-
nonia, I. 86
Getæ, I. 301. 312. 313.
314
Getara, II. 122
Giarus inf. N.
Gigarta, N.
Gmæa, II. 157. 172
Ger fl. II. 55
Gira metropolis, III.
56
Girba inf. *voyez* Me-
ninx.
Gifchala, N.
Glannativa, N.
Glanum, N.
Glaucus finus, II. 79
Glotta, I. 99. 109
Glykis-limen, I. 245
Goaria, N.
Gobæum prom. I. 50
Gobannium, N.
Gogana, N.
Golan vel Gaulon, II.
184
Gomphi, I. 248
Gophna, & Gophni-
tica, II. 163
Gorbeûs, II. 60
Gordiæi, *voyez* Car-
ducæi.
Gordiani monumen-
tum, II. 197
Gordium, II. 51. 59
Gordiu - come, 60

Gorditanum prom. N.
Gorgades infulæ, III.
120. 121
Gorgo, II. 306
Gorgonis inf. III. 120
Gorneas, N.
Gortyna, I. 279
Gortys, I. 277
Gothini, I. 133
Gothones, I. 134
Graccuris, N.
Gradiaci, N.
Gradus Rhodani, I.
60
Gramatum, N.
Grampius mons, I. 97.
109
Grandimirum, N.
Granianum prom. N.
Granicus fl. II. 14
Grannona, N.
Grannonum, N.
Granua fl. I. 132
Graffe, III. 81
Gratianopolis, *voyez*
Cularo.
Gravinum, N.
Gravifcæ, N.
Grinario, N.
Griphi, II. 321
Grifelum, N.
Grudii, N.
Guba, N.
Gugerni, I. 91. 126
Guntia, N.
Guræi, & Guræus fl.

O iij

Tome III. P

P ij

Tome III. Q

Q ij

Q iij

Phycûs prom. III. 44   polis.
Physcûs,   II. 76   Pitinum,   N.
Physcûs fl. *voyez* Tor-   Pityeia,   N.
na.   Pityndra,   N.
Pibefet, *voyez* Bubaf-   Pityonnefus,   N.
tus.   Pitys fl.   N.
Picentia, & Picentini,   Pityus,   II. 115
   I. 203   Pityufæ infulæ, I. 32
Picti,   I. 110   Pityufa inf. (duplex)
Pictones vel Pictavi,   N.
   I. 79   Placentia,   I. 180
Pieria,   I. 239   Planafia inf.   N.
Pierius mons, II. 132   Platææ,   I. 259. N.
Pimolifena,   II. 33   Platanus,   N.
Piguentum,   N.   Plavis fl.   I. 183
Pinara,   II. 80   Plinthine, & Plinthi-
Pinarus fl.   II. 95   netes finus, III. 9
Pincum, & Pincus fl.   Plumbaria inf.   N.
   N.   Pluvialia, vel Om-
Pindus mons, I. 246   brios,   III. 117
Pinna Veftina, I. 206   Podandus,   II. 67
Pintia,   I. 23   Pola,   I. 187
Piratæ,   II. 354   Polemonium, II. 35
Pirum (ad)   N.   Pollentia,   I. 32
Pirus tortus,   N.   Pollentia,   I. 177
Pifa,   I. 275   Polyrrhenia,   I. 280
Pifæ,   I. 189   Poly-timetus, II. 302
Pifavæ,   N.   Pombeditha, II. 199
Pifaurum,   I. 193   Pompeiopolis, II. 30
Pifaurus fl.   N.   Pompeiopolis, *voyez*
Pifcenæ,   N.   Soli.
Pifida,   III. 72   Pompelo,   I. 19
Pifida,   N.   Pomptinæ paludes, I.
Piforaca fl.   I. 24   200
Piftoria,   I. 189   Pons Œni,   I. 149
Pithom, *voyez* Heroo-   Pons Trajani, I. 305

R ij

R iij

S ij

Traufentum, vel Clau-
fentum, N.

Treba, N.

Trebia fl. I. 172. 180

Trebia, N.

Trebula Mutufca, N.

Treia, N.

Tres infulæ, N.

Tretum prom. II. 41.
93

Treventum, N.

Treveri, I. 82

Trevidon, N.

Triare, N.

Triballi, I. 306

Triboci, I. 90

Tribunci, N.

Tricaffes, I. 69

Tricca, I. 248

Tricaftini, I. 59

Tricefimæ, N.

Tricefimum (ad) N.

Tricorii, N.

Tricornium, N.

Tridentum, I. 147

Trigifamum, N.

Triglyphus, N.

Trileucum prom. I.
22

Trimithus, II. 152

Trinafus, N.

Trinius fl. N.

Trinobantes, I. 104

Trinomii, N.

Triobris fl. N.

Triocala, N.

Triopium prom. II.
75

Triphylia, I. 274

Tripontium, N.

Tripolis (Ponti) II.
36

Tripolis (Lydiæ) II.
47

Tripolis (Syriæ) II.
146

Tripolitis (Theffal.)
I. 248

Tritæa, I. 268

Tritium, N.

Tritonis palus, & Li-
bya, III. 40

Trivicum, N.

Triumpilini, N.

Trocmi, II. 58. 61

Trœzen, I. 270

Trogilium prom. N.

Trogitis, II. 85

Troglodytice, III. 57

Troja, vel Ilium, II.
12

Troja (Ægypti) III.
25

Tropea, I. 213

Tropæa Drufi, I. 125

Tropæa Augufti, N.

Tropæa Pompeii, N.

Trofmi, I. 307

Truentus fl. I. 195

Tubantes, I. 124

Tubucci, N.

Tubuna, III. 102

corii, I. 79
Vesuvius mons, I. 203
Vetera, I. 92
Vetoniana, N.
Vettona, N.
Vettones, I. 52. 44
Vetulonii, I. 191
Vetus Achaïa, N.
Vetus Luzica, II. 313. N.
Vetussalina, N.
Vexala, N.
Ufrenus fl. N.
Ugernum, N.
Uggade, N.
Via Appia, I. 200. 314
Flaminia, I. 215
Aurelia, I. 215
Æmilia, I. 215
Salaria, I. 215
Claudia, I. 215
Via fl. N.
Viadrus fl. I. 118
Viberi, N.
Vibi forum, N.
Vibinum, N.
Vibo, *voyez* Hipponium.
Victoria, I. 109
Vicentia, I. 184
Vicus Augusti, III. 80
Vicus Cuminarius, I. 29
Vicus Judæorum, II. 22

Vicus Juli, vel Atures I. 81
Vicus Julius, N.
Vicus Spacorum, N.
Vicus Varianus, N.
Vicus Virginis, N.
Vidubia, N.
Viducasses, I. 71. N.
Vienna, I. 58
Vilca, N.
Viminacium, I. 304
Vindalium, N.
Vindana portus, N.
Vindelici, I. 145. 146
Vindili, I. 135
Vindilis inf. I. 74
Vindo fl. I. 148
Vindobona, I. 154
Vindogladia, N.
Vindomagus, N.
Vindomora, N.
Vindonis, N.
Vindonissa, I. 89
Viniolæ, N.
Vinovium, N.
Vintium, N.
Vipitenum, N.
Viracelum, N.
Viriballum prom. N.
Viroconium, I. 107
Virovesca, N.
Viroviacum, N.
Virunum, I. 152
Visentum, N.
Vistula fl. I. 118. 323
Visurgis fl. I. 118. 140

Omissions.

Fin de la Table.

On trouvera quelques défauts d'ordre alphabéthique dans la Nomenclature, & il eft à propos d'y prendre garde en la confultant. La Table eft affez généralement plus correcte fur cet article.

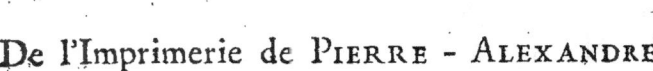

De l'Imprimerie de Pierre - Alexandre le Prieur, Imprimeur du Roi.

APPROBATION.

J'AI lu, par ordre de Monseigneur le Vice-Chancelier, un manuscrit intitulé : *Géographie ancienne abrégée.* Le profond sçavoir de l'Auteur en cette matière ne peut que rendre très-utile au Public un Ouvrage de ce genre, & qui lui manquoit. A Paris, le 15 Juillet 1767. *Signé*, B A R T H E L E M I.

PRIVILEGE DU ROI.

L O U I S, PAR LA GRACE DE DIEU, ROI DE FRANCE ET DE NAVARRE : A nos amés & féaux Conseillers les Gens tenans nos Cours de Parlemens, Maîtres des Requêtes ordinaires de notre Hôtel, Grand-Conseil, Prévôt de Paris, Baillis, Sénéchaux, leurs Lieutenans Civils & autres nos Justiciers qu'il appartiendra : SALUT Notre amé J O S E P H M E R L I N, Libraire, Nous a fait exposer qu'il desireroit faire imprimer & donner au public un Ouvrage intitulé : *Géographie ancienne abrégée par* M. D'A N V I L L E ; s'il Nous plaisoit lui accorder nos Lettres de Privilége pour ce nécessaires. A CES CAU-

Tome III. T

SES, voulant favorablement traiter l'Expofant, Nous lui avons permis & permettons par ces Préfentes, de faire imprimer ledit ouvrage autant de fois que bon lui femblera, & de le vendre, faire vendre & débiter par tout notre Royaume pendant le temps de fix années confécutives, à compter du jour de la date des Préfentes. FAISONS défenfes à tous Imprimeurs, Libraires, & autres perfonnes, de quelque qualité & condition qu'elles foient, d'en introduire d'impreffion étrangere dans aucun lieu de notre obéiffance : comme auffi d'imprimer, ou faire imprimer, vendre, faire vendre, débiter, ni contrefaire ledit ouvrage, ni d'en faire aucun extrait fous quelque prétexte que ce puiffe être, fans la permiffion expreffe & par écrit dudit Expofant, ou de ceux qui auront droit de lui, à peine de confifcation des exemplaires contrefaits, de trois mille livres d'amende contre chacun des contrevenans, dont un tiers à Nous, un tiers à l'Hôtel-Dieu de Paris, & l'autre tiers audit Expofant, ou à celui qui aura droit de lui, & de tous dépens, dommages & intérêts; A LA CHARGE que ces Préfentes feront enregiftrées tout au long fur le regiftre de la Communauté des Imprimeurs & Libraires de Paris, dans trois mois de la date d'icelles; que l'impreffion dudit ouvrage fera faite dans notre Royaume & non ailleurs, en beau papier & beau caracteres, conformément aux Réglemens de la Librairie, & notamment à celui du dix Avril mil fept cent vingt-cinq, à peine de déchéance du préfent Privilége ; qu'avant de l'expofer en vente, le manufcrit qui aura fervi de copie à l'impreffion dudit ouvrage, fera remis dans le même état où l'approbation y aura été donnée, ès mains de notre très-cher & féal Chevalier, Chancelier de France, le Sieur DE LAMOIGNON, & qu'il en fera enfuite remis deux exemplaires dans notre Bibliotheque publique, un dans celle de notre Château du Louvre, un dans celle de notredit Sieur DE LAMOIGNON, & un dans celle de notre très-cher & féal Chevalier, Vice-Chancelier & Garde des Sceaux de France, le Sieur DE MAUPEOU : le tout à peine de nullité des préfentes ; DU CONTENU defquelles VOUS MANDONS & enjoignons de faire jouir ledit Expofant & fes ayans caufes, pleinement & paifiblement, fans fouffrir qu'il leur foit fait aucun trouble ou empêchement. VOULONS que la copie des Préfentes, qui fera imprimée tout au long, au commencement ou à la fin dudit ouvrage, foit tenue pour duement fignifiée, & qu'aux copies collationnées par l'un de nos amés & féaux

Conseillers - Secrétaires, foi soit ajoutée comme à l'original. COMMANDONS au premier notre Huissier ou Sergent sur ce requis, de faire pour l'exécution d'icelles, tous actes requis & nécessaires, sans demander autre permission, & nonobstant clameur de haro, charte normande & lettres à ce contraires; Car tel est notre plaisir. DONNÉ à Paris le vingt-troisième jour de Septembre, l'an de grace mil sept cent soixante-sept, & de notre Regne le cinquante-troisième.

PAR LE ROI EN SON CONSEIL.

Signé, LE BEGUE.

Registré sur le Registre XVII de la Chambre Royale & Syndicale des Libraires & Imprimeurs de Paris, N°. 1428, fol. 298, conformément au Réglement de 1723. A Paris, le 8 Octobre 1767.

Signé, DELORMEL, *Adjoint.*

www.ingramcontent.com/pod-product-compliance
Lightning Source LLC
Chambersburg PA
CBHW070320030726
47505CB00004B/1034